文春文庫

ウエザ・リポート

笑顔千両

宇江佐真理

文藝春秋

ウエザ・リポート　笑顔千両

目次

第1章　台所の片隅で

カレーといか飯　14
から騒ぎ　17
私とワープロ　20
貧乏性　23
春うらら　25
アボカド　28
またしても……　30
秋来ぬと　32
平常心　35
太秦小景　37
書斎はどこですか　42
いささかの危惧　50
いでや、文豪　52

獄中からの手紙 54
花かんざし 57

第2章 ただいま執筆中

江戸の闇に憧れて 62
おろく医者の背景 66
高校の夏休み 69
時代小説の食 75
うたかたのごとく 77
叶わぬものを選びき 79
一所懸命 84
更年期の特効薬 86
あやめはあやめ 94
無名の人々 96
まっとうに生きること 100

第3章　日々徒然

口上　108
短縮の妙　109
あおげば尊し　111
長寿の食卓　112
釈迦涅槃図　113
カルシウム　115
四稜郭　116
チーズケーキ　117
花火　119
記憶力　120
銭湯に行こう　121
希望　123
函館再見　124
古い手帳から　125
東京のカモメ　127
セレスティーナ　128
こんぴら歌舞伎　130
雨の泉岳寺　131
儀式　132
便利は不便　134
ヒメジョオンの夏　135
ラジオ体操　136
機械音痴　138
花の名前　139
レベル1　140
砂山　142
百鬼丸さん　143
戯れせんとや　144
コイタさんの犬　146
自転車　147
洞爺湖温泉　148
知命　150
貧者の一灯　151

第4章　心の迷走

気になるあの人　154　夜中のジョギング　156
ダーツの旅　158　ふんどしの彼　161
切腹　163　山東京伝と銀座　166
旅の効能　171　平和の定義　177
要領なんて　181　ともあれ生き方の問題　187
「冬のソナタ」考　189　桜の生命力　198
命の食事　200　お大師様に逢いたくて　203

第5章　今日も今日とて

虚実皮膜の間　212　作家の領域　213
恋するあなた　215　一力さん　216

翁　218　ロビー・ウエディング　219
長崎旅情　220　八重桜　222
北星余市高校　223　身分証明　224
夜郎自大　226　曲軒・山本周五郎　227
入試問題　228　電子図書　230
長州　231　発想の転換　233
プチ紳士　234　占い　235
お花見　237　メール　238
身長　240　子供をかわいがる　241
漢方薬　242　親心　244
清澄庭園　245

第6章　函館暮らし

茶室にて　248

中島三郎助の顔　251
函館の坂　257
新川慕情　261
ザ・お国自慢　265
函館の本屋さん　267
ささやかな願い　271
ふるさとまとめて花いちもんめ　273

第7章　読書三昧

青春の一冊――『青春前期』　278
少女小説から脱皮して――『青いノォト』　282
万年青年、永倉万治――『大青春。』　284
自分の足で歩いた下町ガイド――『江戸の快楽』　290
学校では学べない――『江戸の色ごと仕置帳』　295
夏至の前夜に――『死の泉』　298

きらめく星——藤沢周平さんの作品　302
女の情念——『紅の袖』　310
春爛漫——私の読書日記　314
航空機事故をめぐって
——『クライマーズ・ハイ』『沈まぬ太陽』　318
焦燥感——『暁の死線』　321
狂気、幻想、歴史観——『会津恋い鷹』　323
彰義隊のはかない生——『合葬』　325

あとがき　328

ウエザ・リポート　笑顔千両

第1章 台所の片隅で

カレーといか飯

修文社の星嬢がプライベートの旅行で函館を訪れた。

待ち合わせ場所に行った時はちょうどお昼刻《どき》。何度か行ったことのある鮨屋にご案内する。

星嬢のボスが宇江佐と会うなら食事代は会社持ちにするとのこと。おお、ありがたい。

それならランチサービス鮨定食の「竹」に、昼間なのに生ビールをひと嘗《な》めしようか。

星嬢、如才なく話を進め、さり気なくエッセイを依頼してきた。休暇中でも仕事を忘れない心意気、偉いぞ。「エッセイは人柄で書くもの、あだやおろそかにするべからず」の鉄則を忘れ、うかうかと引き受ける。函館までわざわざ足を運ぶ編集者に私は弱い。なに、小説書きに飽きて、気分転換のつもりで、と早口星嬢はお若いのに妙にツボを心得たご説得。あいあい。星嬢の母親と同年齢の新米もの書きは応えた次第である。

暮れまでに長編の書き下ろしが一つ、お蔵入りになっていた四年前の長編の手直し、短編が三つ、エッセイ二つの仕事が入っていることを迂闊《うかつ》にも考えていなかった。昼間っからビールなんて飲むからだ。この内、こなした仕事はエッセイと短編一つのみ。

デビューして二年。ようやく本にしていただいた途端、他の出版社からも書いてくれろのお催促。嬉しいやら恐ろしいやら。よおし、これからは時代物作家にふさわしいようにダイエットに励むぞ（問題が違うがね）。

ということで、作家になりたいあなたのためにポツポツと身辺雑記のようなものを書くつもりである。ご参考にはならないだろうが。なにを隠そう、私は「ウエザ・リポート」というタイトルでエッセイを書くためにペンネームを決めたのである。結構、したたかであるのだ。宇江佐は英語読みしていただければ賢明な読者はすぐにはんと気がつくはず。天気予報みたいなものよ、私のエッセイなんて。

ペンネームにはさして拘《こだわ》らない。別に宇江佐真理でなくても構わなかった。吉本メロンでもよかったし、村上龍子でもよかったんだけどね（オイオイ）。要するに本名を隠蔽《いんぺい》したいだけのことだから。

「小説を書いているの？」と八百屋やスーパーで訊《たず》ねられたら身の置き所がない。小説を書くことは実に恥ずかしい行為だと私は思っている。あなたも人に自慢してはいけません。まして、作家になるという大義名分のために家族に犠牲を強いるなどはもっての外。あなたがお母さんなら、お子さんのPTA行事にも積極的に参加しよう（と、元PTA役員からのアドヴァイス）。

結局それが、デビューするまでの、あらゆるプレッシャーから逃れられる唯一の方法だと私は思う。こっそり書くこと。いい？

星嬢と別れた後、デパートで夕食の買い出しをした。ついでにこのデパートの中にある本屋を覗く。

拙作『幻の声』が二十冊も平積みになっていて驚く。人口三十万函館市で、一書店の二十冊である。

誰が買うのだ？　誰が読むのだ？　訳のわからない恐怖に震えた。

この夜、私はカレーといか飯をつくった。いか飯は函館の郷土料理である。小ぶりのいかの胴に洗った糯米《もちごめ》をさらりと入れ、口を爪楊枝で留めて醤油だしで炊き上げるのである。漁が解禁になったばかりのいかは、身がすこぶる軟らかい。カレーといか飯では、しっくりこない取り合わせであるが、家族は結構うまそうに食べてくれた。

私の小説も料理もこんなものである。

から騒ぎ

「お元気ですかあ」と別冊文藝春秋の編集長、明円《みようえん》一郎氏のハイテノールの声が電話口から聞こえた。本を出版してから何かと気ぜわしい日が続き、デビューした時からの担当である彼の声を聞いて、正直ほっとするような気持ちであった。仕事の進み具合をあれこれと話し「もう、大変なの」と大袈裟に言った。そうですか、と明円氏はさして同情している様子もなかった。

「もっと大変なことになりました」

努めて平静な口ぶりで彼は言った。

「何よ、何？」

私は出版した作品にとんでもないミスでもあったのかと、そちらの方を心配していた。

直木賞の候補になったという。一瞬、ぽかんとしてしまった。ついで後頭部がチリチリと痺《しび》れた。すると、それまで冷静であった明円氏の声までが上ずりだした。まさか、と彼も思っていたのだろう。社内で決定して、すぐさま私に知らせたのはいいけれど、話をしている内に次第に興奮した様子である。

私も驚いたけれど、すぐに他の候補者の名を尋ねる余裕があった。藤田宜永氏、篠田節子氏、黒川博行氏、姫野カオルコ氏、浅田次郎氏。いずれも旬の作家達であった。

明円氏の電話が切れてからほどなく、かの日本文学振興会という所から連絡が入った。新聞発表まではくれぐれもご内聞に、と釘を刺された。あいあい。どこがご内聞だろうか。その日の夕方には他の出版社の編集者から、続々と「おめでとう」のオンパレード。マスコミ規制が外された翌日からは取材攻勢。折しも夏の高校野球地区予選の真っ最中。

息子の学校の野球部は決勝戦まで駒を進めるも、あと一歩で力及ばず。延長戦の十回、相手チームの打った球が一塁を守る息子のファースト・ミットを無情にも掠《かす》め、後ろに転がり、それでサヨナラとなってしまった。息子、グラウンドにがっくり膝を突き、滂沱《ぼうだ》の涙。

私も思わず貰い泣き。候補が何だ、賞が何だ。そんなことより息子のチームを全道大会に送ってやりたかった。もしも人生に等価交換が可能なら。

親馬鹿とお笑い下され。それから選考会の日まで、とても忙しい思いをしたが、不思議に私は冷静でいられた。息子が感じた以上の落胆などないと思っていたから。

当日は文春の出版部の荒俣《あらまた》青年（今は立派に中年）がついていてくれた。明円氏は選考会の記録係で会場に。

私は夕食の準備で忙しく、エプロンを取る暇もなし。続々と訪れた新聞記者に「宇江佐さん、エプロン姿いいですねえ、いかにも主婦という感じで」とお世辞を言われたら取れるものか。

近所の鮨屋の大将は出前を届けに来たまま居座る。お、おれ、こういうの初めて。馬鹿、私だって初めてだい。NHK、時事通信社、共同通信社、ええい、あとはわからぬ。十六畳のダイニングは人でいっぱい。座っていた椅子を退《の》かすと下は埃《ほこり》でいっぱい。私、あせって雑巾掛け。その時に電話がルルル……。

パニックは最高潮。結果はご覧の通りである。浅田次郎氏と篠田節子氏が受賞された。後は残った地元北海道新聞社の記者と、荒俣青年、うちの亭主、鮨屋の大将とで宴会。

まぐれ当たりだの、これが本当の「幻の声」だの、それからも世間はひとしきりかまびすしい。お言葉ですが、私は賞取りを目的に小説なんて書いておりやせんよ。一生無冠でも一向構わないんで。私はただ、作家でありたいだけなのだ。この夏のから騒ぎのひと幕、お楽しみいただけたでしょうか。いや、お粗末。

私とワープロ

私は原稿をワープロで打っている。

手書きからワープロに移行して、そろそろ五、六年になるだろうか。移行した理由は時流に乗ったからではなく、指に負担を感じるようになったためだ。筆圧の高い字を書くせいか、四十を境に就寝してから右手の指がこわばり、夜中に目が覚めることがしばしばあった。ゆっくりと掌を閉じたり開いたりすると治るのだが、妙な不快感は残る。書痙《しょけい》の徴候である。

原稿を十枚以上書くと、どうもその傾向が現れるようだった。ワープロを使えば少しは楽かなあと考えたが、専門店に行っても機械があり過ぎて、どれを買っていいのかわからない。大枚はたいて買って、使いこなせなければ損だ。主婦感覚が邪魔をして買えずにいた。

そんなところに妹の亭主がワープロを買って一週間で持て余したと耳に入った。妹の馬鹿亭主は使っていないワープロを友人に貸したりして呑気《のんき》なものだったが、妹はクレジットの代金を毎月払うのが馬鹿馬鹿しいとこぼしていた。

「ワープロ、試してみたいなあ」と妹に言うと、他人に貸すよりお姉ちゃんに貸した方がましだと快く承諾してくれた。その時はウィスキィ一本でごまかした（後に五万円で引き取った）。

それから二カ月間、私は肩をぱんぱんにして使用法をマスターした。ワープロ教室に通う手間を惜しむと、こういう苦労を覚悟しなければならない。しかし、私は昔から独学でものを覚えるのが好きな性質《たち》である。レース編み、パッチワーク、クロス刺繍、おお、小説の書き方も独学だった。

何とかマスターしたワープロを使って、私は嬉々として作品作りに励んだものだが……。

どうも最近、私はワープロの使い方が変だと気づくようになった。長編小説の原稿をフロッピーでほしいと編集者に言われてからだ。

実は私、フロッピーを使ったことがなかった。何枚か打つと、すぐにプリントしていたのである。つまり私はワープロをタイプライターにしていたのだ。フロッピーの初期設定とは何のことかと思っていた。どうやらワープロとはフロッピーに保存し、出版社に送る時にプリントするのが正式らしいとわかった。

私のやり方を編集者は笑う。新聞記者も笑う。今では古色蒼然《こしよくそうぜん》とした機械そのものを笑うようになった。こんなワープロがまだあったんですねえ、と。

笑わば笑え。ぼてっと図体の大きいワープロは確かに場所塞《ふさ》ぎである。今はスリムな薄型が主流であろう。電源を入れるとンガガーと恐ろしげな音も立てる。そう言えばプリントする音もガチャンガチャンツー、ガチャンツーとやかましい。最近、文字の中央に白い線が入るような気がしている。新しいものを買ってもいいが、使いこなせるかどうか不安なのだ。どうせならパソコン？

ご冗談を。言い忘れましたが、私は時代小説を書く者ですので。

数年後、私はパソコンを購入し、フロッピーの使い方もマスターした。

貧乏性

「ねえ、あなたは一生懸命お仕事したのだから自分にご褒美《ほうび》をあげない？」

二冊目の単行本を上梓して、そのできたてほやほやを前に担当編集者である講談社の福田美知子女史がにこやかに言った。故森瑤子さんの自分へのご褒美はダイヤだったとか。

現在、新進気鋭の女流推理作家の自分へのご褒美もやはり宝石の類であったらしい。高価なご褒美が明日への活力を生み出すのだと福田女史はのたまう。私は首を振った。

息子が進学するので学費の足しに致します、と所帯じみたことを言ってしまった。もちろん、それは本音でもある。高価な宝石も海外旅行も無縁で過ごしてきた。そういう余裕がなかったこともあるが興味もなかった。着る物すべてオールバーゲン。宝石は母が冠婚葬祭用に買ってくれた真珠のネックレス。それとお揃いにするためのイヤリングは、デパートのバーゲンで七千円で買った。

あとは六年前に通販で求めた十八金のイヤリング二種類。二種類で一万円だった。結婚指輪に至ってはお産の時に外して、そのまま紛失してしまった。

左手の薬指が寂しいので、JRの忘れ物を払い下げるバーゲンで何と八百円で求めたものを今もしている。八百円だけれど、これが一応プラチナなのである。

こういう私に福田女史のアドヴァイスも空しいのひと言である。

私のご褒美は作品に対する評価である。おもしろいと言っていただければ嬉しい。それが何より。旅行は嫌いではないので子供に手が掛からなくなったら出かけるつもりである。

福田女史と鍋を囲み、よく喋《しゃべ》って楽しかった。次の仕事も決まり、私はいい気分で家に戻った。すると福田女史から切羽詰まったような電話が入った。最後に訪れたラーメン屋で、どうもスカーフを忘れたらしいという。知っている店だったので連絡を取ると、スカーフは無事にあった。（ほらね）私は胸の中で呟《つぶや》いた。さほど高くないスカーフなら忘れたところでどうということもない。しかし、エルメスだのと超高級な物になるとなくしたことでカッと頭に血が昇るのだ。

そういう余計なエネルギーはできるだけ遣いたくない。物を所有すると、その所有したものに自分が縛られることにもなるのだ。私はそう思う。だから持たない。

持ちたくない。

もしも私がダイヤの指輪をしていたり、ソニアリキエルの黒のニットワンピースを着ていたり、シャネルのバッグを持っていたら（つまり、私がいいなあと思っている品々である）それは間違いなく私が堕落してしまった時である。確認したい？　それでは私と私の作品に当分の間、お付き合いくださいませ。

・

失くしたと思っていた結婚指輪は、二十年も経ってからタンスの後ろで見つかった。今、無事に私の指にはまっている。

春うらら

月曜日の午後は編集者からの電話が多い。

新たに送った作品の感想となれば、おのずと緊張して受話器を持つ手に力がこもる。でき上がった作品にはいつも不安がつきまとう。こんなものでいいのかなあと思うからだ。

形になっていたものは、もうだいたい発表してしまったので、これからは、ない脳みそを絞って書くしかない。

「少しお疲れでございましょうか。いつもより勢いが感じられません」

そんなことを言われた日には、いっぺんに気落ちしてしまう。しかし、相手は名伯楽と評判の編集者、講談社の川端幹三《みきぞう》氏である。

「あのう、シリーズの三作目ともなりますと、どうしても手が下がるのかも知れません」

私はしどろもどろで言い訳する。何をおっしゃるうさぎさん、とは川端氏はおっしゃらなかったが「三作目あたりから作品が安定しておもしろくならなければいけないのですよ」とぴしり。

気の弱った時、私は田辺聖子氏の『しんこ細工の猿や雉』の文庫本をよく開く。氏がデビューしてから芥川賞を受賞されるまでの自伝的長編である。デビューしたものの、そこから呻吟《しんぎん》する姿がとても正直に描かれている。それを読むと安心し、勇気も湧く。氏は新人の作品を決してけなさず、どこかよいところを見つけて励まして下さる。私も氏の言葉に励まされている一人である。

ただ、私は田辺氏にはどうしても敵《かな》わない（そう考えるだけでもおこがましいが）

と思う一点がある。それは作家としての年季の問題ではなく、賞のあるなしの問題でもない。

エッセイ『性分でんねん』（ちくま文庫）の中にある「小説の主人公と現実」にその答えがある。氏はある時、友人と鮨屋で食事をされていた。そこに一人の実業家ふうの青年が入って来る。歯に衣を着せぬ物言い、しかし、周囲を気遣う優しさもある。氏はその青年と鮨屋の亭主のやり取りを聞きながら、次第に目が離せなくなってしまう。青年が食事を終えて店から出て行くと、田辺氏の友人がポツリと感想を述べた。「剛やないの、あれは！」と。剛は田辺氏の小説に出て来る主人公の名前であった。

小説家の至福の瞬間である。自分の創造した人物が現実の姿で現れるなんて。小説の神様は田辺氏の傍《そば》に確かにいる。そして私には……恐らくいないのだ。それが悔しい、敵わない。

私は田辺氏のその一文のことを思い出すといつも涙が滲《にじ》んでしまうのだ。だけど、私とてがんばらねばと思う。いつかそういう至福が訪れないとも限らない。気を取り直して新しい小説のタイトルを幾つか手帳に書きつけてみた。それが完成できるかどうか、皆目わからないまま。春うらら。北国にもようやく春の季節が巡ってきたようだ。私の春はいつ訪れるのだろうか。

アボカド

私はアボカドが結構好きである。果物なのに野菜の味わいがある。マヨネーズを掛け、ほんの少しお醤油をたらしていただく。晩酌はあまりしない方だが、たまに缶ビールか赤ワインをグラスに一杯飲む。その時の肴《さかな》にアボカドがあればリッチな気分に浸れる。

難を言えばこのアボカド、やたら種がでかい。正確に計ったことはないけれどピンポン玉ぐらいの大きさがありそうだ。種の分も実が入っていれば食べごたえがあるのにと思う。

ずっと以前、インテリア雑誌にアボカドの育て方が載《の》っていた。種に爪楊枝を三カ所ばかり刺し、コップの水に入れて根を出させるというものだ。つまり爪楊枝がコップの縁に引っ掛かって、種の下半分が水に浸されるやり方である。何度やっても失敗した。だいたい忘れてしまうのね。気がついた時はコップの水は蒸発していることが多かった。残ったのは種のミイラ。ハハハ……。

それである時、植木鉢に新しい土を入れ、直接、種を埋めてみた。埋めたのは秋の季節だったので冬期間はペットボトルを半分に切ったものを、その上にかぶせた。アボカドは南国の植物だから、寒いのは苦手だろうと思ったのだ。ペットボトルの注ぎ口が空気穴の役目になった。

ある朝、芽が出た。ぎょっとするほどでかい芽だった。もやしほどもあったろうか。

種がでかいのだから芽もでかいのは道理である。ぐんぐん伸びた。いやもう感動するほど見事な成長ぶりだった。茎が太くなり、葉が出てきた。「おいおい、どこまででかくなるのだ？」と言葉を掛けたほど葉もでかい。幅十センチ、長さ三十センチの葉を平気でつけるのである。南国の植物だね。そう言えばバナナの葉もでかいじゃないの。植物の好きな客が来ると、あれはパキラの変種かなどと訊ねた。私はさり気なくアボカドさ、と応える。

さして手入れをしなくても育っている。水やりを忘れていると途端にシュンとなるのですぐに気がつくのだ。二メートルほどの高さにまでなるらしい。その時はどうしたらいいのだろう。今からいらぬ心配をしている。

手を掛け、心を掛ければゴミ箱行きだった種も立派に観葉植物になるのだ。小説の世界も同じようなもの。紙屑同然の原稿もいつか銭のもととならん。

しかし、小説はただ書けばいいというものではないから厄介である。曲亭馬琴が、おもしろい読み本は俗《ぞく》が七分で雅《が》が三分といみじくものたまった。その言葉は示唆《しさ》に富む。

私の作品は俗ばかりなので、反省ひとしきりである。

またしても……

うーん、またしても。またしてもなのだ。

前回の直木賞の候補に加えていただいた時は何も彼《か》もが珍しく、半ばお祭り気分でその日を迎えていたものだ。今回は二度目。私も幾分、落ち着いてきた。

肝腎なことなのだが、芥川・直木賞は国民文学賞ではなく、文藝春秋という一出版社の賞ということなのだ。そもそも、菊池寛がそれ等の賞を設けた理由は芥川龍之介という純文学の書き手と直木三十五という大衆文学の書き手を失った文壇のにぎやかし、にぎやかしのためであった。にぎやかし……いいなあ、その響き。

しかしながら、さりながら、いつの間にこのような世間を騒がす賞と化したのだろうか。喉から手が出るほどほしい賞と、いみじくものたまう御仁《ごじん》は多い。芥川賞作家、直木賞作家の冠《かんむり》がそれほどほしいのか。それではお前はほしくないのかと問われたら、ほしくないとはとても言えない。いらないと言ったら馬鹿だと思われるだろう。

ただね、私が将来を展望していた時、心にあったのは新人賞のことだけだった。そしてどこかの出版社から単行本の一冊なりとも出したいものだと願っていた。私が応募していたオール讀物新人賞はいつも千人以上の応募者があった。確率を考えると、そこでの一等賞は非常に難しい。どだい、一等賞になろうと考えるのが狂気の沙汰だと思っていた。しかし、私は性懲りもなく応募を続けた。なぜか。アンドレ・ジイドも言ってるじゃないの。狭き門より入れって。

応募を続けていた時、新人賞を取ることしか頭になかったけれど、まさかその先の賞にまで振り回されるとは夢にも思わなかった。私は幸運にも作家になれたけれど、いつも自分の小説が世間に試されているのは変わりがない。うんうん唸って喫茶店で原稿を拡げるなんて、皆さんはしてないだろうな。

それは私が一番嫌いな創作のスタイルである。お勤めしているサラリーマンの方は電車の窓から外の景色を眺めながら、ぼんやりと作品の構想が浮かぶはずである。帰宅して家族と夕食を囲んだ後に、ひっそりと机に向かい、ワープロのスイッチを入れる。ああ、その静謐《せいひつ》がいい。俗世間から離れた孤独で貴重な時間を愛してくれ。はたまた、子供を寝かしつけた主婦がコーヒーをゆっくり飲みながら創作に打ち込む。その眉毛の真摯《しんし》さよ。その時のあなたはきっと美しいはずである。

私はとりあえず頑張っている。あんたらも頑張りなはれ。詳細は次回で。

乞うご期待!

秋来ぬと

えー、何と申しましょうか。第一一九回直木賞には見事落選致しました。拙作「桜花《さくら》を見た」は、もう、いけません中《ちゅう》のいけませんという選評でございました。一番最初に転げ落ちた次第。面目もございません。

まあ、しかし、こういうものは水物でございますので、なるようにしかなりません。車谷長吉氏の『赤目四十八瀧心中未遂』は確かに傑作でございます。主人公の精神の貴族性には参りますです、はい。死に物狂いで書いた小説とは本人の弁でありますが、確かに情熱はひしひしと感じました。他の候補作は……ごめん、読んでません。

ということで、済んだことはさておき、私には己れの作品を反省する暇もなく、締切りの迫った仕事がひと山、ふた山、み山。

五月脱稿予定の長編がまだですねん。いややわ、書き下ろしの長編なんて（途端に大阪弁になる）。書いている途中でトンネルに入り、出口が見えないという状態になります。

そうなると、果たしてこの作品が読むに値するものかどうかさえも覚つかない気持ちになるのです。長編の方が短編より楽だとおっしゃる作家の方って何なのでしょう。

私は断じて短編派であります。長編を一つ書くなら、短編を五つ書いた方がなんぼかいい。しかし、作家を自称するからには、書けないとは死んでも言えませんて。やってやろうじゃないのとばかり、己れを奮い立たせて書いてます。

九月の声を聞くと函館は途端に秋の気配がしてきます。月がきれいです。すだく虫の音《ね》。

おやまあ、今年もあと四カ月。そろそろ小説新人賞の締切りも迫っているのではないでしょうか。どなたさんも最後の追い込み、推敲に忙しいことと思います。何？　今年はパス？　阿呆、とんちき！　そんな了簡をしているのなら、さっさと小説なんてやめてしまえ、と誰に言っていることやら……。

ある作家が原稿を渡す時、編集者にそっと訊《たず》ねたそうです。この作品、新人賞に応募したら、どの辺までいくかな、と。担当編集者はにべもなく「一次予選も無理でしょう」と応えた由《よし》。訊《き》く方も訊く方なら応える方も応える方。だけど、私はその作家の謙虚な姿勢に好感を持ちました。私は恐ろしくてとても訊けない。

初心忘るべからず。よく言われる言葉でありますが、つい流されてしまう。さて、私の仕事も追い込みに入ります。駄作が続くなあと自分ながら呆《あき》れておりますが、とり敢えず一生懸命やってます。お婆さんになって小説をやめた時、ソファに横になって自分の作品を読み返そうと楽しみにしております。そう、私は誰のためでもなく、自分が読みたいから書いているのです。

平常心

珍しく一人になった夜。缶ビールを飲みながらテレビを見ていた。尾崎豊という歌手の特集が流れた。確か数年前に亡くなった若い歌手である。若者に圧倒的な支持を得ていたという。倉本聰氏が「北の国から」のある回で彼の曲を起用していたので、私も全く知らないということはなかった。しかし、まあ、それだけのことだった。

デビュー・ライブで、まだ本当に少年の面差しを残した彼が文字通り、精魂傾けて歌い上げる場面で、私の背筋もすっと伸びた。彼が作詞作曲した「15の夜」はキラキラ輝いていた。またその歌唱力が並ではない。十八歳の若者にして、すでに完成されていた。尾崎豊が若者達の心をまたたく間に摑んでしまったのは肯《うなず》ける。早熟な彼は二十六歳の時にはすでに妻子がいた。それでもファンは十代の若者の気持ちを代弁する歌を彼に求めた。彼は苛立ち、悩んだ。

若さがある時期、途方もなく輝きを放ち、見る者の心を魅了することがある。文学の上でもそれは言える。石原慎太郎氏が登場した時も多分、それに近いものがあったはずだ。村上龍氏、山田詠美氏、中沢けい氏等々。だが、人間は日々成長する。若者はあっという間に中年になり、そして老人となってゆく。変わらず読者の支持を得るということは作家が少しずつ作品世界を変えていくことでもある。同じテーマを追い続けていれば必ず壁にぶつかる。その壁をうまく乗り越えることができた者だけが生き残れるのだと思う。

私？　私はもう別に若くもないし、この先、壁ができたとしても年の功でかわす才覚はある。よしんば、それで潰れたところで構わないとも思う。

ようやく脚光を浴びた新人の受賞の言葉を読むと、やけに威勢がいい。おれはこんなに才能があったのに、無能な編集者は小馬鹿にした、と恨みの愚痴も出る。その威勢のよさを一年後も持ち続けられるのかと心配になる。馬鹿にした奴らを見返すために小説を書くなんてつまらない。

結局、最後は自分の問題なのだから。藤沢周平氏は「駄作を恐れず」といみじくものたまった。脳みそ一つ、利き腕一本でやっていることである。ヒットはそうそう出ないものだ。他人の意見に振り回されてはすぐにへなへなと潰れてしまうだろう。褒められても舞い上がらず、けなされてもへこたれない不屈の精神を養うべきである。

私は「平常心」を最近、座右の銘にしている。その言葉を作家志望の皆様に贈ります。

太秦小景

早春の京都を訪れた。拙作がテレビドラマとなることが決まり、その撮影現場を見学する目的であった。

世の中には時に奇跡が起きる。普通の主婦に小説を書く機会が与えられたのが奇跡なら、その作品がテレビドラマになるというのもまた、奇跡に等しい。どこか他人事のようで実感に乏しいのが正直な気持ちである。

京都は寒さが厳しいとの定評であるが、私が訪れた時は暖かい陽射《ひざ》しが降り注ぐ穏やかな日であった。もっとも出発するまでの一週間、私の住む北海道は連日気温が氷点下の真冬日が続いた。寒いというより凍《しば》れる日々だった。京都の寒さなど何ほどのこともないと最初は感じたが……。

担当の編集者達とタクシーで太秦《うずまさ》に向かう。松竹のプロデューサーと懇談した後に撮影現場に行った。ちょうど火事が起きた場面の撮影をしていた。大勢の人が荷物を抱えて逃げまどう。様々な恰好をした役者さんがスタッフの合図とともに一斉に走り出すのだ。待機している彼等は表情のない顔をしているが、合図が入ると途端に真顔である。そして、カットの声に、やれやれという顔で石油缶の火で暖を取る。薄い単衣《ひとえ》の衣裳に空脛《からずね》では寒さもこたえようというものだ。その場面はテストと本番を含めて何度か繰り返された。

おかしいことではないのに私はやたら笑いが込み上げて困った。一つには自分の作品がドラマに仕立てられているという照れ、もう一つは何気なく書いた火事の場面が、実は煙を焚き、大勢の役者を走り回らせることになってしまったという現実に戸惑ったせいだろう。映像と文章のギャップを嫌でも実感させられた。

主演の中村橋之助さんにお会いするのは初めてである。いや、他の俳優さんも今まで間近で見たことはなかった。自分が平常心を欠いて昂《たかぶ》ってしまうのではないかと内心で恐れていた。

「平常心」と、胸の中で何度も唱える。

音声の機械を調整しているスタッフの傍に橋之助さんのデッキチェアが置いてあった。

後ろにマジックで「はしのすけ」と書いてある。手作りらしいキルティングの袋が取りつけられていて、その袋の中に小さなステンレスの魔法瓶が入っていた。撮影所の中には喫茶店らしきものは見当たらない。家から飲み物を用意してきたのだろう。どこにでもある魔法瓶と橋之助という役者がそぐわない気がして、妙なところで感心してしまう。

橋之助さんは如才なく挨拶をして下さった。もうテレビで見るそのまま。優しく華のある笑顔である。背が比較的高いと感じたが、それを申し上げると、なに、下駄を履いているせいです、と答えられた。

次の撮影現場に移動する時、橋之助さんは見学をしている私達の方を向いて、つかの間立ち止まり、丁寧に頭を下げられた。いや、その仕種の美しいことと言ったら。よく世間では挨拶一つできない者がいる、などと年寄りが訳知り顔で苦言を呈するが、実際、頭を下げての挨拶がこれほど奥の深いものとは思わなかった。歌舞伎役者はこういうことから芸を仕込まれるものかと思う。ならば、歌舞伎の後見役でも招いて若者に挨拶の何たるかを教示したら、どれほど実のある教育となろうかとも思う。

続いて共演者の涼風真世さんが扮する深川芸者の家のセット。まるで工事現場のような所を入って行くと薄暗い中に火鉢を置いた畳の座敷が現れた。

トレーナー姿の化粧気のない女性が必死で板の間を磨いていた。埃だらけである。

やがて、その埃だらけの暗い場所に涼風さんが現れた。背は高からず低からず、太り過ぎず痩せ過ぎず、要するに日本女性として理想的な体型である。取材のために一緒にカメラに収まったが、身の縮む思いがした。いつもは外す眼鏡も掛けっ放しである。編集者の一人が気を利かせて「宇江佐さん、眼鏡、眼鏡」と言ってくれたが、今更眼鏡を外して女ぶりをいささかでも上げようとしたって女優には敵《かな》いっこない。「女のもの書きなんて野暮でちょうどいいんです」と、自棄《やけ》のように言った。

実は涼風さんという女優さんを存じ上げなかった。配役を知らされて慌ててNH

Kの大河ドラマで確認した次第。涼風さんは将軍綱吉の正室を演じられていた。監督さんも脚本家の方も意気込みが凄まじい。熱っぽく語る口吻《こうふん》には、自分達がいかに時代劇を愛しているのかが伝わってくる。

音楽は葉加瀬太郎さんがラテンを取り入れたしゃれたテーマソングを考えて下さるとのこと。それも楽しみである。

今、時代劇は氷河時代とも言われる。なかなか視聴率が取れない。勢い、若者向きのドラマに流れる傾向である。時代劇は衣裳やその他でお金も掛かる。不景気な世の中ではそれも仕方がないが、しかし、時代劇を全くなくしてしまうテレビのあり方というのも寂しい気がする。何となれば時代劇は日本人の心のふるさとのようなものだからである。

原作者として、皆さんに一人でも多く見ていただくことを切に願っている。私は作品を書いただけで、ドラマに関しては一切関係のない人間であるが、太秦を訪れて感じることは多かった。多くの人の手を煩わせてドラマはでき上がるのである。その日は夜の九時まで撮影が続けられたという。ああ、これから撮影現場に造られた堀に、役者が飛び込むシーンもあり、雨に盛大に濡れるシーンもあるはずだ。気の毒でならない。

京都の風はすでに春めいて、全く雪のないこの古都を、北海道生まれの女は少し汗ばみながら歩いた。けれど、撮影の現実を考えると胴震いがする。京都は寒い。それは紛《まぎ》れもなく。

書斎はどこですか

小説の仕事をするようになって人に会う機会が増えた。出版社の担当編集者は言うに及ばず、新聞記者、週刊誌の記者、テレビ局のプロデューサー、カメラマン……。

名刺をストックしているファイルは、早や、満杯状態である。しかし、その中には作家の方は一人もいらっしゃらない。考えると不思議である。一度、一人の作家とお会いするチャンスができ、やれ、これで本物の作家と話ができると喜んだのも、つかの間。なぜか敬遠されてしまった。どうも私は同業の方には歓迎されない人間のようだ。

それはともかく。本来、作家は作品を書いて出版社に送り、それが雑誌に掲載され、あわよくば単行本となり、文庫なりにまとめられたら、事足りるものである。ゲラの校正などはファクシミリがあるので、二十年前ならいざ知らず、今は地方都市と中央の格差がなくなったと思っている。用件は電話でも済むので別に直接会わなくても構わないはずだ。しかし、作品が単行本にまとめられる時、担当の編集者は決まっておいでになる。

新たに仕事をすることになった出版社もご挨拶と称して、編集者と、その上司のお偉いさんが飛行機代とホテル代を費やして、わざわざ函館までおいでになる。編集者は作家とコミュニケーションを取ることも仕事の一つだと心得ていらっしゃるようだ。まあ、もっともである。第一読者の編集者と意見を交換して、よりよい作品作りを目ざすのだ。しかし、ここで言う「よりよい作品」とは、作家にとっては自分の資質の問題であるけれど、編集者にとっては商売が絡《から》む。

そこが難しいところである。作品が売れることは作家にとっても嬉しいことに違いないが、それでは売れたら何でもいいのかと訝《いぶか》る気持ちが私にはある。

私はベストセラーの作品をあまり信用しない。それは本当に小説の好きな読者ではなく、普段は小説など読まない人まで買うからだと思っている。単行本など重版が掛かったら上出来だと思うくらいが妥当であろう。
さて、来客の予定が入ると私は慌てる。自宅に招くとなると、二、三日前からパニックに陥《おちい》る。私は主婦作家の肩書きもめでたく、その通り台所の片隅でワープロをかたかた鳴らしている。家事は人任せにしていない。そういう余裕もないせいもあるが、私は他人が家の台所に入るのを好まない質《たち》の女である。どんなに忙しくても夕方になれば食事の仕度に腰を上げる。どうにも間に合わない時は外食になる。これは仕方がない。洗濯は家にいる次男が野球部の部員であり、亭主は大工をしているとなれば、嫌でも毎日しなければならないのだ。グラウンドの土がこびりついた野球のアンダー・ソックスは手洗いでゴシゴシやる。手間なし何とかも、根こそぎ汚れを分解する何とかも、ふん、私に言わせれば眉唾である。

こういう私であるので、勢い、手抜きは家の中の清掃分野に及ぶ。来客があると私はまず、トイレ掃除に駆り立てられる。もう、必死。家中の棚という棚には物が並び、煙草のカートンの空いたのやら、菓子の箱やら、息子が飲んだジュースの空き缶やら、宅急便で届いたダンボールやら、冷凍保存された物に入っているゼリー状のふにゃふにゃやら、すぐに捨てりゃ、手間もいらないのに、そのままにしているから後で往生する。それを始末するとゴミの袋に二つはある。

座蒲団カバーを取り替えて、掃除機を掛けて、電話の上に降り積もった綿ゴミを払って、玄関の靴を揃え、花瓶の花を新くして、煙草のヤニで曇った鏡を磨いて、それからそれから、ソファの上の昼寝用のタオルケットや肌掛け蒲団を奥の部屋に放り入れ、ついでに見苦しい物はすべて奥に移動させ、すっきりカランと片づいた茶の間にお客様はおいでになるのだ。その時、私はすでに疲労困憊《こんぱい》。気の抜けた顔をしている。

すぐにお帰りになる方なら構わないが、その後にアルコール入りとなると、時間は深夜に及ぶ。亭主は編集者のような毛色の変わった人種がおもしろいから嬉々として仲間に加わり、勝手に盛り上がる。私も仏頂面は失礼だから笑顔千両でおつき合いする。

無事に客を帰して、ほっとする暇もなく、奥の部屋の荷物を元に戻さなければ寝る場所もない。酔いの回ったガンガンする頭で、荷物をずるずると引き出す。つくづく情けない。

だから、気心の知れた編集者には用事のない時、ご遠慮下さいと申し上げている。いや、そんな丁寧な言い方はしていない。年下の者なら、あからさまに「来るなよ、いいか」と、半分、脅《おど》しているのだ。

それでも敵は来る。一度わが家に訪れた者なら、外で会うとは決して言わない。もう、まっすぐにやって来る。道に迷うと近所の鮨屋に行って家まで案内させている。この鮨屋がなあ……。

私は以前より食べ歩きの趣味がないので、気の利いた店は一向、不案内である。それで、函館だから鮨でも喰わせりゃ、よかんべ、という感じでそこへ案内する。結構、ネタのよい物は出してくれるものの、私が町内の「掃き溜め」と呼んでいるように、とても客をもてなす店ではない。常連客が集《つど》う所なのだ（ゴメン、悪口で）。

一応ね、私にもプライドはあるけれど、家を見られ、その鮨屋に行った段階で、ささやかなプライドは木っ端微塵だい。常連も鮨屋の親父も函館弁で言いたい放題、し放題。

例の直木賞の選考委員会の日など、終わった途端に鮨屋で待機していた亭主が客を引き連れてなだれ込んで来た。後は残念会の大宴会。そのまま、これも馴染みの安スナックでカラオケをがなり立てる騒ぎ。

来るなと言ったのに無理やり来てしまった角川書店の吉良《きら》編集者が「宇江佐さん、

ぼく、この世界、違和感ありません」と、のたもうた。

わざわざ言うところがお前、違和感を持っているということだろうが。私はストレスでぎっくり腰となり、イテテ、イテテと呻《うめ》いていたので反撃もできなかった。

作家は様々な方がいらっしゃる。グラビア写真で見る仕事場は自宅と別に用意されていることが多い。仕事場に行って、日常から脱出したところで、初めて創作意欲が生まれるものらしい。つくづく羨ましいと思う。わが家に来て「書斎はどこですか」と真顔で訊《き》く馬鹿者がいる。あるか、そんなもの。

私は冷蔵庫の横の机を顎《あご》でしゃくる。ワープロがあり、その周りに本や雑誌がごちゃごちゃとあるのだ。ついでに目薬二、三種類（私はすでに白内障の兆候あり）、メンソレータム、カルシウム剤、マニキュア、馬油、印鑑、眼鏡、手帳、歯石取り、ホッチキス、鋏《はさみ》、糊などが、ひしめくように置いてある。

初めて訪れた方は呆気に取られていることが多い。仕事場を別に持ち、秘書の方に、お手伝いさんまで頼まれて悠々と執筆されている作家の方は、私とは次元が違う世界の人に思える。

私は相変わらず、来るなよ、来るなよと、相手を牽制しつつ、仕事をしている。

いずれ、どうぞ来て下さいと懇願しても、首を縦に振らないような事態になってゆくのだろう。

肝腎なのは、その気になって生活のレベルを上げないことだろう。家も建てず、車も持たず、高級な服も高価な宝石もいらない。

無くした時のことを考えると心は穏やかではない。私はとことん、貧乏性なのかも知れない。

だいたい、私の作品の中の登場人物に、びっくりするような金持ちはいない。裏《うら》店《だな》の職人達の暮らしぶりは言わずもがなであるし、大店《おおだな》の若旦那が出て来ても、店が左前という状況が多い。奉行所の同心は三十俵二人扶持《ぶち》だし、小普請組《こぶしんぐみ》に所属する侍は家禄だけで職禄はつかない。生きるためのカツカツの暮らしぶりである。そういう小説を書く者が、キンキラキンの生活をしているとしたら、これは、ちょっと違うなあという気もする。いや、これは私の勝手な言い分である。

では、私の原稿料、印税を何に費やしているかと言えば、息子達の学費である。もう、これがメイン。

長男が高校三年の時、意気消沈して学校から戻って来た。事情を聞けば、担任に志望する学校は無理と言われたという。浪人するしかないよ。息子は寂しそうに言った。

さらに数日して、息子は、今度は泣きながら帰って来た。浪人しても来年度の合格は無理だと。おかあ、何とかしてくれ。

担任は新設されることになった大学の推薦入学を勧めた。しかし、入学金その他で百万単位の金が飛ぶ。毎月の仕送りは十万単位。

私にそんな力があるだろうかと思った。その時、私はまだ単行本を一冊しか上梓していなかった。幸い、暮れに二冊目が出ることが決まった。それで入学準備は何とかなろう。

問題は月々の掛かりである。これも、翌年の三月に書き下ろしが偶然決まった。私は唇を噛《か》み締めて、推薦を頼みなさいと息子に言った。あの時の決心は、今考えても震えがくる。どうなるか、皆目見当もつかなかったからだ。息子はただ今、大学二年である。おかあ、書けなくなったらいつでも退学する覚悟だからと言ってくれる。金の掛かる学校に行った親不孝なおれを許してくれとも。

しみ真実、ありがたい。退学なんざさせるものか。私は自分を叱咤激励して書いているのである。以上が私の物書きとしての事情である。ついでに言い添えると、息子の学費は経費にはならないと、税務署に冷たく言われた（扶養している訳ではないから）。どこか理不尽に思っている。

いささかの危惧

小説家としては未だ新人のつもりでいるのだが、ひと回りも若い新人が続々と輩出されて、私の居場所もぐいっと脇に押しやられているような観がある。最近は、もう新人ではないのですから、これからしっかり書いて下さいなどと言われる始末。経験五年でベテランになるほど日本の文壇はヤワではあるまい。

そりゃあ、私がもしも今、三十六歳だったら怒濤《どとう》のごとく書いてもやる。とうとう五十路を歩くことになった私は無理をせずに自分のペースでやるしかない。無理をすると腰痛、書痙《しょけい》、眼精疲労、その他もろもろの兆候が現れる。いくらお元気ですねえ、とおだてられたところで四十は四十、五十は五十なのだ。しかし、こんな泣き言を洩《も》らすと本当の大御所から「何言ってるのよ、私が五十の時はもっと書いていたわよ」などとお叱《しか》りがきそうで怖い。

最近、脳が縮んだような気がする。記憶力が減退してもの忘れが起きる。同じ話をする。

ものを書いている人間はボケないという定説もあるが、高名なある作家は立派にボケた。

次に高名なある作家もボケつつある。それが誰かと詮索《せんさく》しないでほしい。あくまでも任意のある作家である。鬆《す》の入った脳を駆使して、なおかつ小説を書かねばならないのだから、つくづく小説家は因果な商売である。そこのお若いの、いくらでも書けると豪語するなかれ。ネタが尽きて呆然《ぼうぜん》とする瞬間は必ず来る。そう、今の私のように。

ネタも尽き、書くべきこともなくなり、私は意気消沈して夜のジョギングに出る。冬の函館は空気が凍《い》てつき、踏み締める足の下の雪は片栗粉のようにキュッキュッと鳴る。月はさえざえと青く、雲がゆっくりと流れる。

星は小粒のダイヤのように輝いている。UFOにでも遭遇できそうな気がする夜だ。冷凍殺菌された清浄な空気を肺に入れている間に、あら不思議。私は自然に元気を取り戻している。見る前に飛べ。いや、歩け、走れ、である。

もう少し小説を書いていたいと思う。八十九歳の最高齢の読者のために、老人ホームから愛読者カードを送ってくる読者のために、定年間近の高校教師の読者のために、戦災孤児として育ったけなげな読者のために。

時は二〇〇〇年に入ったけれど、私は二〇五〇年まで生きてはいまい。人の一生など何と短いものだろう。一月は不思議に余生のことを考えることが多い。まさに冥土《めいど》の旅の一里塚である。一里塚ごとに作品を石積みしているのだ。さて、私はあといくつ書けるものやら。それにしても、まだらボケの頭脳が心配である。すでに老人性白内障の兆候のある目も。七十三歳の母と八十一歳の父は未だ健在である。彼らの介護という問題もその内に降り掛かってこよう。下《しも》の世話など掛けるものかと大口叩《たた》いているが、どうだか。

新年を迎え、私にはいささかの危惧《きぐ》もあるが、とりあえず、どなた様もはい、おめでとさん。

父は八十五歳で他界した。

いでや、文豪

最近、私は自分の仕事を次代の文豪が現れるまでの繋《つな》ぎではなかろうかと考えることがある。生意気な言い方を許して貰えるならば、今の文学界を文豪不在と捉《とら》えているからだ。

爾来《じらい》、我々は未だ一人の漱石も、一人の龍之介も得てはいない。いや、我こそは文豪なりと、鼻息荒くのたまう御仁もおられるかも知れないが、文豪か文豪でないかは読者がよくご存じである。

どう考えてもまずい作品を送らなければならない時がある。それにオーケーが出た時など、私は自責の念に駆られ、溜め息混じりに「真の文豪がいないからさ」と呟いている。

だから私の作品でも、その場凌《しの》ぎに採用されるのだと。

めまぐるしく流行が変化する現代では小説もまた、一過性の様を呈している。数年前、あれほど世間にもてはやされていた作家が、今はどこでどうしているのやら。それを考えると、出版社から依頼があるのも今の内かと我が身を思う。

気の弱った時、先輩作家の言葉を思い出す。

山本周五郎曰く「泣き言は言わない」。

藤沢周平曰く「駄作を恐れず」。

全く有難山《ありがたやま》のほととぎすである。待てよ、もしかしてこの二人、文豪ではなかったのか。

いや、これから何十年も時を経れば紛れもなく日本人から文豪として迎えられる可能性がある。そうか、文豪とは没してから、時間というバリアーに覆われて文豪になっていくものかも知れない。そうなれば、あなたも文豪、君も文豪（とはならないって）。

前言取り消し。文豪は身近に存在する。今はまだそれに気づかないだけなのだ。あるいはこれから彗星のように現れるかも知れない。

いでや、文豪。私は今、あなたの幕間《まくあい》を務めているのである。そして、いよいよ出番となった時、私は笑って舞台の袖に尻尾を丸めて退散するのだから。やれやれとばかり。

獄中からの手紙

人はそれぞれに忘れられない日の記憶を持っていると思う。人生の節目に当たる結婚式、子供の誕生日、大事な家族の命日などは忘れようにも忘れられない。また、大きな災害、事件も人々の記憶に刻まれることが多い。

毎年、その日が巡ってくると、人々は、ああ、あの日はこんなことがあったなあと、つかの間、遠くを眺める眼になるのだ。

その他に、自分だけが記憶している特別な日もあるはずだ。そっと自分の胸にしまっておきたい日が。

今年の一月、私は出版社経由で一通の手紙を受け取った。いわゆるファンレターである。

差出人の住所は東京都葛飾区の小菅《こすげ》だった。

東京の人間なら小菅がいかなる場所であるか、すぐにわかるはずだが、地方都市に住む私にはピンとこなかった。

「塀《へい》の中ですよ」

編集者に改めて言われ、ようやく納得したが、不快ではなかった。むしろ、塀の中の人間が私の本を読むことで無聊《ぶりよう》を慰められたのなら、作家冥利《みようり》に尽きるというものだと思った。

その読者は子供のいない方だったので、私の小説の主人公達が自分の息子や娘に思えたという。つまり親の立場で主人公達の行動、運命に一喜一憂していたらしい。

最初の手紙には小菅に収監されるに至った理由は書かれていなかったが、三月に入って送られてきた手紙には近日中に最高裁での判決があると控えめに知らせていた。一字一句、丁寧に書かれた手紙は誠実な人柄を感じさせた。こんな人が罪を犯すとは、人間はまことに様々な面を持った生きものだと私は深く感じ入った。二通目の手紙には、編集者がお節介にもインターネットで検索した資料が添えられていた。その読者はかなり大きな事件の被告だった。そして三月二十八日が最後の判決の下される日だった。

当日、私は仕事の打ち合わせで上京していた。裁判の結果は気になっていたが、自宅にいるのとは違い、情報はなかなか得られなかった。ようやく結果を知ったのは、翌日、帰りの飛行機に乗るため羽田空港に着いてからだった。売店で買った新聞に小さく記事が載っていた。被告側の上告を棄却、死刑が確定という非情なものだった。呆然《ぼうぜん》とした。

私の乗る飛行機は一時間遅れで離陸した。

しかし、函館ではなかなか着陸できず、上空で三十分も旋回していた。北海道はその日、春とは名ばかりの大荒れの天候だった。機長から、ためしに雲に突入してみますとアナウンスがあった。ためしにだなんて言うなよと、私は胸で悪態をついていた。それでなくても重い気持ちで搭乗したのだから。だが、何とか無事に飛行機は着陸した。ほっと息をつくと、私は死刑が確定した読者のことを思った。私はその読者に掛けるべき言葉が見つからない。ただ、裁判の結果を知ったこの日を記憶に留《とど》めるのみである。こうして三・二九は私にとって特別な日となった。

花かんざし

小説を書くことが仕事になって、早や九年目になる。無我無中で月日が過ぎ、へえ、もうそんなになるのかと改めて思う。これもひとえに読者の皆様のお蔭である。とりわけ、函館の読者の皆様には後押しいただいて、大いに励みになっている。この場をお借りして深く御礼申し上げる次第である。

通信網が発達してきたとはいえ、地方に住む物書きは時間的に不利な面があると思う。それを補うために私は締め切りを死守する。それどころか、毎月、編集部に到着する原稿の中では、かなり早い方だと自負している。

編集者は早めに原稿を渡す私に涙をこぼして喜んでいるかと思うと、これがそうとも限らない。

不思議なもので、催促に催促を重ね、ぎりぎりセーフで間に合った作家の原稿を後生ありがたがる。編集者冥利《みょうり》に尽きるとまで言う。律儀に早めに出した私の印象は薄くなる。全くおかしな世界である。

直木賞作家の山本一力さんとは対談がご縁で親しくなった。時々、メールの交換をする。月初めの八日のメールでは、八章立ての短編の二章をようやく終えたと言っていた。がんばって、と返信したが、後で冷静に考えると、残りは六章ある訳である。少なくとも二十枚や三十枚は書かなければならない。締め切りはとうに過ぎている。本当に間に合うのだろうかと心配になった。まあ、意地でも間に合わせるのだろう。プロだもの。

デビュー当時は幾らでも書けると思っていたが、この頃は頭が真っ白になって、何も書けないことがよくある。考えてみたら、私も五十代。脳みそも錆《さ》びついてくるというものだ。そういう時は机から離れ、ぼんやりスーパーや市場を徘徊《はいかい》する。先日も車で遠くのスーパーへ出かけ、夕食の材料を揃えるついでに、目についた鉢植えの花を買った。

家に戻ると鉢植えの花をスーパーの手押し車の下に置き忘れたことに気づいた。

ぼんやりは、やはりいけない。面倒なので、取りには行かなかった。千円也の鉢植えは「花かんざし」という愛らしい名がついていた。時々、鉢植えの行方を思うことがある。どう処分されたものかと。その想像は結構、楽しい（悔しい）。

第2章　ただいま執筆中

江戸の闇に憧れて

この度、出版社のご好意により拙作「髪結い伊三次《いさじ》」のシリーズを一冊の本に纏《まと》めることができました。私の思惑よりはるかに早い単行本の出版であるため、嬉しさよりも戸惑いが先に立ちます。本屋の店頭で自分の作品が美麗な一冊の本となって人様の目に触れることは憧れ続けた夢でありました。しかし、その夢がおいそれと叶うものではないことを私は知っておりました。叶うものではなかったから、私は習作時代に二つの目標を定めたのです。

一つ、何でもいいから（ここが私の姑息《こそく》なところ）小説の新人賞を取ること。

二つ、自費出版ではなく、有名出版社（これもまた恥ずかしい）から本を一冊刊行すること。

この二つの夢を叶えるために、いったい何枚の原稿用紙を反故《ほご》にしたことでしょう。

日の目を見ることのなかった作品の山はある時は生ゴミとともにゴミ収集車の中

に消え、ある時は正月のどんど焼きで注連飾《しめ》りと一緒に灰になりました。それ等の作品は私の中に水子のようにうようよと纏《まつ》わりついているような気がします。初めての本の出版は私にとっては報いられなかった作品の水子供養のようにも思えます(何の話をしていることやら)。

「髪結い伊三次捕物余話」は連作の形で話が進められております。

第一作の「幻の声」で私は幸運にもオール讀物新人賞をいただきました。最初は一つの作品として完結したつもりでしたが、選考委員のお一人から伊三次を主人公に据えた連作が可能であるとのご意見があり、そんなものかと思って続きを書き、それが二作目の「暁の雲」になりました。それからずるずると三つ、四つと続き、ついに私は同じ主人公で五つの作品を書くことになったのです。こんな経験はもちろん初めてのことです。

なぜ時代小説なのか——の問い掛けはこれまで何度も受けました。

好きだから、書きやすいから、感情移入しやすいから、と理屈は幾らでもつけられますが、どこまでもなぜ、なぜと問い詰めていったら結局は書いている当の本人さえも首を傾《かし》げてしまうことになります。江戸時代がすべてわかって書いている訳ではありません。むしろわからないから書いているのだと答える方が正直な気持ちです。私は江戸どころか東京もよく知りません。古地図で捉えていて江戸は平面的ですが、江戸の名残《なご》りの東京の町を歩くと存外に起状があることがわかります。マラソン用語で言うと細かいアップ・ダウンが続く町です。そのアップ・ダウンによろめきながら私は「だけどやっぱり時代物だよな」と呟《つぶや》いております。

本当は実際の江戸時代がそれほどいい時代とは思っておりません。そこに回帰したいというのでもありません。ガスも水道も電気もない暮らしが何でそんなによいものか。

冬の小雪がちらつく日に井戸端にたらいを出して、痺《しび》れるような水の冷たさを感じながら洗濯する図は想像するだけで身体が凍えます。けれどそれは何も江戸時代に限ったことではなく、日本のついこの間までの人々の暮らしであったはずです。

戦後から恐ろしい勢いで発展した日本は世界でも屈指の経済大国になりました。井戸端で洗濯するような女性（男性もだった）はこの日本にはもはやいないでしょう。テレビ、ビデオ、ワープロ、パソコン、電話、ファクシミリ、車、飛行機、ホテル、マンション……どこまで続くぬかるみぞ（おっと違った）。

「便利は不便」と、いつの頃からか私は胸の中で唱えている自分に気づきます。

便利と引き換えに失った物のことを私は考えているのです。それは何？　心や情ではありません。現代人にだって心や情はあります。時間の経過なのです。便利は人々の暮らしを恐ろしくスピード・アップさせてしまいました。物事を悠長に待つことがなくなりました。

待つことが人々には苦痛になっているのです。速く、速く、一刻でも速く。速くしてそれでどうしようというのでしょう。けれど構わず速くと人は焦っているようにも思えます。

私は真っ暗闇と全くの無音状態に憧れる気持ちもあります。鼻を摘《つま》まれてもわからないような本当の闇と、車の排気音どころか冷蔵庫のモーター音さえ聞こえない全くの無音状態など現代では望むべくもありません。加えて電子レンジのチン、玄関のチャイム、電話のルルル、換気扇のガー……数え上げれば切りがありません。我々は便利と引き換えにこれ等の雑音を引き受ける羽目にもなっているのです。闇が薄いので星もよく見えません。

せめて小説の中だけは静かに焦らず、悠長に遊んでいたいと思います。

とにもかくにも、初めての作品集が世に出ます。読者諸氏のご感想をお待ちしております。伊三次をお気に召していただければ幸いです。

おろく医者の背景

講談社の「歴史ピープル」編集長、川端幹三氏からお電話をいただいたのは、処女作『幻の声』を上梓して間もなくのことだった。

私はそれまで季刊で発行される「歴史ピープル」という雑誌を知らなかった（「新刊展望」も実は知らなかった。申し訳ない）。

川端氏のことも、どのような方であるのか存じ上げなかった。洩れ聞くところによると辣腕《らつわん》の編集長である由。「川端幹三の通った後は、ぺんぺん草も生えない」などと、まことしやかな噂も囁かれている。いかにも、やり手らしい元気のよいお声が電話口からびんびん響いた。実際に、お会いした時は高校の担任の教師と話をしているような気がした。川端氏は是非とも「歴史ピープル」に作品を寄せてほしいとのこと。それは、レポート提出を命じる教師の表情にも似ていた。ありがたいとは思ったが、歴史・時代ミステリーとの要望に、どんと飛び跳ねる気持ちになった。

確かに『幻の声』は捕物帖の体裁を取っている。しかし、私としては捕物帖イコール、ミステリーを専門に書こうとは思っていなかった。頭がよくないのでトリックを考えるのも苦手である。困惑した私の表情を敏感に察した川端氏は「別にそれに拘《こだわ》る必要もありませんが」と、おっしゃられた。

執筆する約束はしたものの、二、三日、「歴史・時代ミステリー」という言葉が頭の中をくるくると回っていた。そう言えば『幻の声』について事件性が薄いという指摘もあった。

特別、それを気にしていた訳ではないが、無理を承知で、たまにはギンギンのミステリーに挑戦するのも悪くはないと、妙な気持ちにもなった（すぐに気持ちが変わるので一部でコロコロ宇江佐と呼ばれる）。

ただし、種が要る。私は上野正彦氏の『死体は語る』（時事通信社刊）のことを思い出した。警視庁の監察医を長く続けられた上野氏のお話はとても興味深い。『死体は語る』の中で、とりわけ自殺に見せかけた殺人事件が強く私の関心を引いた。ノートにメモを取っている。

よし、それで行こう。私は上野氏のような監察医を江戸時代に設定した。江戸時代にはもちろん、監察医も検屍官という言葉もない。

私は悩んだ末「おろく医者」という言葉を造った。苦肉の策である。それがそのまま第一話のタイトルになった。

主人公は美馬正哲という禿《は》げ頭の容貌魁偉《かいい》な男にした。性格はざっくばらん、長崎で医者の修業を積んだので腕は確か。研究心も旺盛である。一人の特異な医者の目を通して当時の江戸の事件、当時の医学のあり様を探る。おお、まさしく歴史・時代ミステリーとならん（自分で納得してどうする）。

第一話にオーケーをいただいたのもつかの間。川端氏は「じゃあ百五十枚の中編を書きましょう」と、すかさず依頼してきた。有無を言わせぬ感じがあった。私は「うむ」と応えて一生懸命に書いた。こうして「おろく医者」のシリーズを書き継ぎ、この度、単行本にまとめていただくことになった（校了間際にトリックのミスが見つかり、担当の福田美知子女史を慌てさせるひと幕もあった）。

つらつら考えると、この作品は依頼されて書いたものではあるが、その根底に、かつて夢中で読んだ有吉佐和子氏の『華岡青洲の妻』と山本周五郎氏の『赤ひげ診療譚』があることは否めない。それを読んでいた頃、自分が時代小説を書くとは夢にも思っていなかったが。私は雑魚《ざこ》のとと混じりとばかり、頑張っております。

最近、川端氏はひと区切りついた私に「君、君、四百枚の一挙掲載作品はどうなったかね」と訳のわからないことを言い出している。

私は知らない振りをする術《すべ》を覚えた。

「歴史ピープル」は残念ながら休刊となり、川端氏は定年で講談社を去られた。

高校の夏休み

大人になると学生時代のようにまとまった夏休みはなかなか取れない。仮に取れたとしても、今の私は三日も経《た》てばすぐに退屈してしまうだろう。たまに仕事で上京した時でさえ、待ち合わせの時間を持て余す。家にいれば、その間に洗濯をしたり、掃除機を掛けたりできるのにと思う。家事をする合間に小説を書いてきたので、長年の習性は変えられないのだ。

いきおい、夏休みの思い出となると学生時代に限られてしまう。小学校、中学校、高校、短大とあるけれど、成長とともに夏休みの過ごし方もそれぞれに違った。

思い出すのは高校の時だろうか。

私が進学した高校は市内でも伝統のある公立高校だった。在籍した生徒の中には亀井勝一郎氏や、時代小説の林不忘《はやしふぼう》氏の名がある。

高校に入学して間もなく、他の生徒達のレベルの高さに私は圧倒された。その時点で、英語や数学の教科書の予習を済ませていたつわものがごろごろいたのである。

とは言っても地方都市の高校の話で、東京の高校から比べたら雲泥の差があったというものである。しかし、呑気な私は同級生が皆、お利口さんに見えて仕方がなかった。

案の定、最初の実力テストは学年内で中の下というありさまで、大いに挫折感を味わった。だいたい、一年を通しても授業で教科書のすべてが終わらず、学力コンクールなどの受験のためのテストも習っていないところばかりが出た。やる気も失《う》せるというものだった。物理も化学も訳がわからず、自慢にもならないが、とうとう私は化学式を理解せずに卒業してしまった。

幸いに担任が化学担当だったので、どうにか赤点、留年だけはまぬがれた。留年する生徒は何人かいたと思う。中には一年生を三度経験した者もいた。

私は現代国語の教科書を読むのが好きだった。志賀直哉の「城《き》の崎《さき》にて」にはうっとりした。張り切ってその日の授業を楽しみにしていたが、担当の教師は「ぼくは志賀直哉が嫌いなので、ここは省きます」と、あっさり切り捨ててしまった。私は呆然とするばかりだったが、後に津田塾大に進んだ女生徒が果敢に反論した。もう、教室内は大騒ぎ。とうとう、その日の授業は潰れてしまった。ヤマケンという渾名《あだな》の教師は、なぜ志賀直哉が嫌いなのだろうか。混乱する教室の中で私はぼんやり考えていた。

それこそ、私が質問すべきことだったろう。

だが、当の教師と女生徒は受験のための授業でいいのかとか、そちらの方向で争っていたので、私の出る幕はなかった。

後で「城の崎にて」の全文を読んだ私の感想は、そのせいでもなくつまらないと思った。

ヤマケンが志賀直哉を嫌いだったのは作品よりも作家としての姿勢にあったのだろう。

今なら何となくわかる気がする。

同級生の読書量の豊富さも私を圧倒した。

家に遊びに行くと、岩波文庫が本棚にぎっしりと並んでいた。私ももっと読まなければとあせったが、どうしても外国文学は口に合わなくて困った。とにかく、勉強も読書も敵《かな》わない相手ばかりで、私は途方に暮れていた。

何かしなければと漠然と思っていたが、さてその何かがわからない。

高校一年の夏休みは午前中に学校に行って補習授業を受け、午後からはプールに浸《つ》かる日々だった。プールの端に腰掛け、夏の陽射しを反射してきらきら光る水面を眺めながら、自分の将来なんてろくなものじゃないだろうと、つくづく思ったものだ。

ふとした変化は毎月取っていた受験雑誌から訪れた。その中で小説を募集していたのである。

大人を相手にする小説では歯が立たないが、高校生の、それも一年生だけが対象ならば、そこそこ書けるのではないかと思った。中学生の時には学校の文集に詩やら読書感想文を載せて貰っていた。小説は初めての試みだが、やってやれないこともないだろう。

原稿用紙二十枚の規定も私を奮起させた。

退屈な補習などはうっちゃって、私は近所の文房具屋からコクヨの原稿用紙を求め、翌日から書き始めた。

高校生の淡い恋愛を書いた作品を大きな封筒に入れ、ポストに投函した時、私は充実した気分を味わった。

作品は運よく佳作に入り、私は賞状と副賞の鉛筆削り機を手に入れた。だが、最優秀賞に輝いた作品に、私はまたも挫折感を味わった。

レベルが違うと思った。陸上競技に励む男子生徒の心の内が乾いた筆致で綴られていた。

うまいなあ、すごいなあ、主人公の「西」という名字も雰囲気があるなあ。名前ではなく、名字で話が語られていく様もきりりと締まっていた。

もっとうまくなりたいと心底思った。

さあ、それからの夏休みは小説の執筆に費やした。学年が上がると枚数も増える。高校三年の時は三十枚だった。その十枚に苦しむ。だが、その苦しさが心地よい。後には達成感が待っていると信じていた。その信頼が裏切られることはなかった。

高校三年の時の作品も最優秀賞には少し及ばず、やはり佳作に留まった。だが、この時、選考委員の一人であった本多秋五さんから短い選評があった。

「偶然の使い方に問題はあるが、印象的な作品であった」と。

十八歳の女子高生をその気にさせるには十分な言葉だった。そうか、自分の作品は印象的なのか。にんまりほくそ笑んだものである。

私の小説家としてのきっかけはそこにあると思う。今でも私はほめ言葉にやる気が出る。

本多さんは、選考委員として、おざなりとは言わないまでも、当たりさわりのないことをおっしゃっただけだ。しかし、世間知らずの私は、その言葉に舞い上がった。

長い長い模索の日々が続くことなど微塵《みじん》も考えず、私はひたすら小説を書くことだけを考えるようになった。

窓を細めに開けて小説を書いていると、そこから午前中の涼しい風が入ってきた。疲れた眼で窓の外を眺めれば、空地にヒメジョオンの白い花が揺れていた。金魚売りの間延びした触《ふ》れ声も微かに聞こえる。

静かな夏のひと時。思えば何と幸福で豊かな時間を過ごしたことだろう。高校時代に何か誇れるものがあるとしたら、私は迷わず小説を書いたことを挙げる。

その時の気持ちが忘れられず、今も私は小説を書き続けているのかも知れない。

時代小説の食

『鬼平犯科帳』や『剣客商売』などの時代小説で有名な池波正太郎さんは食通でいらした。

単なる食通ではなく、池波さん独自のこだわりがあったようだ。たとえば小鍋だて。

火鉢の上に鍋焼うどんに使われるような一人用の小鍋を置く。マギーの固形スープを溶かし、その中に鶏肉、焼豆腐、タマネギを入れ、仕上げに白コショーを振って食べるという。手軽でおいしそうである。昆布や鰹ぶしではなく、マギーの固形スープというのがいい。あるいはお刺身の残りを軽く火であぶってから豆腐とみつばと一緒に煮るのもよいそうだ。執筆に疲れた夜半、ちょいと小腹がすいた時に池波さんは小鍋だてをしていたのだろうか。簡単で、おいしい小鍋だては、どこか江戸の人々の食事風景を彷彿《ほうふつ》させる。

石川英輔さんのご研究によると、江戸のお惣菜は精進《か》方《ち》と魚類方に分けられるという。精進方は野菜、豆、芋などの植物性の料理。一方、魚類方は魚介類を使った動物性の料理のことである。

精進方のトップは八杯豆腐《はちはいどうふ》である。絹ごし豆腐を水と酒で煮て、醤油で味付けし、大根おろしをかけて食べるのだ。水六杯、酒一杯、醤油一杯で八杯だから八杯豆腐と言うようだ。魚類方のトップは、ご存じメザシである。

その他に精進方、魚類方、取りまぜてお惣菜を紹介すると、昆布と油揚の煮物、きんぴらごぼう、煮豆、ひじきの白あえ、切り干しの煮付け、わかめのぬた、木の芽田楽、こんにゃくおでん、芝えびのからいり、マグロのすきみ、たたみいわし、鰊《にしん》の塩引き、いわしつみれ、白瓜の三杯酢、鯨汁、芋とタコ、酢ダコ、サンマの干物、シラス干し、昆布巻、卵とじ。

何のことはない、現代人も時々口にするものばかりである。どんなに時代が進んでも、日本人はお米を炊いたごはんを食べるだろうし、そのごはんに合うお惣菜も食べ続けることだろう。時代小説や歴史小説が読まれ続けるのも、こうした日本人のこだわりに支えられているような気がする。

しかし、江戸時代の庶民の食生活は必ずしも豊かではなかった。朝は炊きたてのごはんと味噌汁、納豆、香の物ぐらいで、昼はそばかうどん。弁当持ちは梅干しを入れたおむすび。夜は冷や飯の残りをお茶漬にしておしまいというのが普通であったそうだ。

だが、小説でその通りにやってしまっては味もそっけもない。だから私の小説の登場人物達は結構品数の多い夕食をとっている。その内に池波さんの小鍋だても使おうかと考えている。

うたかたのごとく

二年ほど前から「小説すばる」に掲載させていただいた作品が纏《まと》まることになった。

これで通算六冊目の単行本である。まことにありがたいと思う一方、またもや世間に恥をさらすのかという気持ちもある。広く読者に読んでいただきたいくせに、実際に「読みました」と言われると恥ずかしさに身の置きどころもなくなる。

純粋に読者でいた時は、まずい作品を書く作家に「下手っくそ！」と、ののしりの声を上げていた。小説に限らずテレビドラマだってそうだった。お尻がかゆくなりそうな台詞《せりふ》が役者の口から洩れると「ばかあ！」と怒鳴っていた。

今、自分の遣った言葉がそのまま誰かの口から洩らされていると思えば恥ずかしさが募《つの》るのだ。

高いレベルを保ちつつ継続して行くことは何の世界でも極めて難しいことだと気がついた。特に小説は利き腕一本、脳みそ一つでやっていることである。カスが出て当たり前なのだ。それを恐れる了簡の狭さこそ恥じなければならない。作家が締切りに急《せ》かされて書いた任意の作品を読んだだけで判断してはならない。その作家が世に出た作品が果たして自分のレベルと比較してどうなのか……作家志望者はそこを考えるべきである。

そして何ほど手間を掛け、心を掛けても正当に評価されない時がある。その時に腐ってはならない。所詮、今、この世にある小説の類はうたかたのごときものである。死んだら一年も経《た》たずに忘れ去られてしまうのだ。

書きたいという意欲を大事にして何ものにも惑わされずに信念を貫けばいい……この頃、そんなふうに思う。

さて、この度『深川恋物語』とタイトルを打った短編集を上梓予定。娘のように若い担当編集者は「切ないお話」を所望した。

馬鹿言ってんじゃねェ。切ないことはごまんとあって、今更何が悲しくて書かにゃならないと思った。もうたくさんだよ。

しかし、たまに若い女性の読者（若い男性はいない）から反応がある。それによれば、何かこれからの人生の指針を求めているふしがある。その気持ちはわからぬでもない。かつて私もそうだった。先の見えない恋愛。断ち切るか、我慢して継続するか……たいていは断ち切った方がいいのだ。それを邪魔するのが若さであり、ほんのひとかけら残っている愛情である。

で、思い直した。母親の心になろうと。母親になってその娘達の恋愛を静観する姿勢を取ろうと考えた。それを少しでも感じていただければ幸いである。

なに？　また、うたかた作品かって？　ああそうともさ。立派なうたかた作品である。

叶わぬものを選びき

ずっと以前、テレビを見ていたら山小屋を経営する一人の男の特集をしていた。

場所がどこかは思い出せない。富士山が遠くに見える山だった。

男がその山小屋を経営する前は世界の山々を登っていた。強力《ごうりき》と言って重い物資を運ぶ仕事をしていたのだ。男は定期的に山を下り、里から物資を運ぶ。その荷物が半端ではない。

人間が担《かつ》ぐことの限界を超えた荷を運んでいた。途中、休憩は一回だけで、その時、男は缶入りのスポーツ・ドリンクで喉を潤す。

休憩を終えると男は山小屋までいっきに登る。荒い息づかいが見ている私にも辛そうに聞こえた。シーズン中、山小屋は登山客で賑わう。男は山小屋の仕事が済むと、訪れた登山客と山談義に花を咲かせた。その様子は心から楽しそうだった。彼の信条は「歩めば至る」というものだった。登山者は歩めば必ず至る、そう信じて山頂を目ざすのだ。

その信条を聞かされた時、私が何を思ったか。もう、はっきりとは憶えていない。もしかして泣いたかも知れない。

小説を書けば至るというものではない。書けば書くほど、何か肝腎なことを忘れてやしまいかと不安になる。どんなに苦しくても必ず至る山小屋の男が幸福な人間に思える。

時代小説を選んだのは、神経過敏な現代小説が読むのも書くのも辛くなっていたからである。これ以上、現代小説で現代人の孤独と不毛な愛を描いたところで何が得られるだろうかと疑問が湧いた。実際は現代小説でも望めば、あらゆるテーマで書くことが可能なのだが、その時の私は一途《いちず》に時代小説に移行することばかりを考えてしまった。厄年であった。私は何かに焦《あせ》っていたのかも知れない。

若さに、あるいはこれからの人生に。何者かでありたいという思いをいつも抱えていた。

もしも、他に情熱を傾けられるものがあったら、別に小説を書かなくてもよかったと思う。しかし、消去をくり返している内に、最終的に残ったのは書くことだけだった。

藤沢周平さんの作品を知ったことは幸運だった。その作品世界に何か糸口があるような気がした。藤沢さんは時代小説を書きながら現代に通じるものを示唆されていた。しかし、藤沢さんは男性である。私はもっと女性好みの色艶がほしかった。

そして皆川博子さんの時代小説を知ったのである。これこそ求めていた世界だと思った。

言葉が錦の帯のように流れる。おお、そうだ。私は小説を書くということばかりに捉えられて、言葉を忘れていたと思った。言葉こそ命、美しい言葉、日本人の言葉、江戸の言葉……戸を閉《た》てなんし、いっち好き、おきあがれ、わっち、拙者、それがし、余は満足じゃ、越後屋、おぬしも悪よのう、お務めご苦労様にござんす、旦那、若旦那、お内儀さん、舟宿、猪牙舟《ちょきぶね》、木場木遣《きや》り、駕籠《かご》でサッサ、八丁堀、黒江町の雨、冬木町寺裏、浄心寺の桜……溢れんばかりの言葉が押し寄せて私は身動きできなくなった。しかし、それは苦しさではなく嬉しい悲鳴であった。

髪結い伊三次はさして理由もなく書いた。

昔、八丁堀の同心の手下は岡っ引きと呼ばれ、僅《わず》かな報酬で働いた。岡っ引きは生計のために女房に小間物屋をやらせていたり、湯屋の亭主だったりした。有能な岡っ引きは子分を持った。子分は下っ引きと呼ばれ、町のごろつきとそう変わらない。臑《すね》に傷持つ人間だから悪党のことがよくわかる。蛇《じゃ》の道はへびである。下っ引きの中に実際に廻《まわ》りの髪結いというのがいて、市中を歩くから情報通である。

資料の中の短い数行がヒントになったが、廻り髪結い自体は特別、目新しいことでもないと思った。私が書かなければ誰かが別の話に仕立てて書いただろう。そう思う。

しかし、伊三次は私にとって特別な存在になった。連作として書いたためだ。そうなると、常に次を求められるようになった。次に伊三次が何をするのか、恋人のお文《ぶん》と、この先、どうなっていくのかと。

わからない。五味川純平さんの『人間の条件』のラストが脳裏を掠《かす》める。そう、主人公が死んで、その身体に雪が降り積もるラスト。

そんなラストはさせちゃならないと思いつつ、所詮、小者《こもの》（手下）は、そんな運命という声もどこかで聞こえる。

私の頭がぼけ、もう作品を生み出すことができなくなったと感じた時、私は伊三次のラストを書こうと決心している。多分、死ぬよ。どういう形かわからないけれど。だって人間は死ぬ運命にあるのだから。それを避けては通れない。でも、それは今ではなく、ずっとずっと後のことである。

大川が隅田川と同一のものであることも知らなかった無知な私が時代小説を書いたのだ。

デビューしてまだ五年目である。それでも何だか遠くに来てしまった観がある。しかし、もう後戻りはできない。

もしかして、叶わぬものを選んだのではないかという畏れもある。その畏れを振り払うために、私は書き続けるのだろうか。

一所懸命

人一人、作家として世に出るために才だけあればよいかと訊ねられたら、やはり私は「否」と答えるだろう。誠実な編集者との出会いも必要だろうし、作品を発表するよい機会にも恵まれなければならない。才はあってもめぐり合わせが悪く、市《し》井《せい》に埋もれる御仁は多い。不遇が続けば才は輝きを失い、刀折れ矢尽き、ついに作家の志を果たせぬままに一生を終える羽目となる。

一方、ろくに才などないのに、気がつけば単行本八冊を上梓している私のような者もいる。まことに世の中はままならない。私は高校生の頃から小説を書いているので執筆歴だけは長い。デビューしたのが四十も半ばであったので、さぞや苦労したのかと同情されるかも知れないが、全くそれはない。書いている時は常に至福の刻《とき》と感じていた。少し本気になってみようと考えたのは三十を過ぎたあたりである。

そう女の厄年でもあった。厄年の女に火を点けると怖いよう。

子育てにも忙しい時期であり、おまけにバドミントンのサークルに入っていて、週に二回はラケットを振っていた。静と動がうまい具合にバランスを取ってくれたので不遇を嘆く隙《すき》はできなかった。

バドミントンは様々な都合でできなくなったけれど、今も肩こり防止と足の筋肉を衰えさせないためにジョギングは続けている。

デビューした当時はファクシミリも持っていなかった。初めて雑誌に載せるゲラの校正をした時、担当の編集者と電話で二時間近くも掛かって、それをした。処女作『幻の声』を出す時、私は深甚《しんじん》の謝意を表する一文を添えたかった。すると編集者は、そんな必要は一切ありませんと応えた。あくまでも裏方に徹する彼の心意気に潔い思いを抱いたけれど、お礼を言えなかった未練は今でもある。恩に報いるために、これからも一所懸命に書いて行こうと思っている。

一所懸命を心掛けていれば、さほど悪い結果にはならないと思う。

八冊目の単行本は書き下ろしの長篇『雷桜』である。

更年期の特効薬

五十二歳である。秋に誕生日を迎えたら三になる。早いものだ。デビューした当時、私の実年齢があまり知られていなかったせいで、やたら若く思われて内心で苦笑していた。

まあ、時代小説の分野では四十代は十分に若い方になるというものの、手放しで若い若いと言われるのもどうかと思う。私は必要以上に若くも、年寄りにも見られたくない。年相応でいい。女優でもあるまいし。

うかうかしている内に、すぐに五十路が来てしまった。まさに更年期の年代である。更年期とは女性の閉経の時期を指し、だいたい四十歳から五十歳までと幅がある。

中には体調を崩し、医者や薬の世話にならなければどうしようもない人もいる。

私はどちらかと言うと体育会系で、学生時代は文芸部など見向きもせず、せっせとスポーツをしていた。夏休みには午前中、体育館で卓球の練習をし、午後からは学校のプールで泳いでいた。高校を卒業してからは武道の道場に三年ほど通った。会社勤めをするようになるとボウリングに精を出した。さらに結婚して子供が小学生になると、社会学級でバドミントン部に入り、週に二回はラケットを振っていた。そのお蔭で極めて健康な身体である。出産以外は入院というものを経験したことがない。

しかし、さすがに五十になると老化の傾向は否定できない。無闇にいらいらしたり、突然に大量の汗が流れるということはないが、もともとアレルギー体質だった身体は、さらに敏感になったような気がする。

春先に上京し、二泊して函館に戻ると瞼《まぶた》が腫《は》れた。東京はそろそろ花粉症の季節ではあったが、それにしても、たった二泊でそうなるとは思いも寄らない。二、三日で治るかと放っておいたら、症状は悪化する一方で、もう人相もなくなるほど顔全体が腫れた。我慢できずに皮膚科に駆け込んだ。

原因は様々に考えられると医者は言った。

疲れ、ストレス、白髪染め、目薬の使い過ぎ、そして体調の変化である。更年期とは言わなかったが、私は内心でそれが大きな理由だろうと思っている。目薬は日に二度ばかりさすのが適量で、私のように三十分おきにさすのは、いくら何でもやり過ぎらしい。幸い、症状は一週間ほどで治まった。

私が尊敬している葛飾北斎の娘の阿栄《おえい》は、晩年、茯苓《ぶくりよう》を煎じて飲んでいたというのを記憶している。サルノコシカケ科のキノコの類で、漢方では利尿、鎮痛、鎮静に効果があるとされる。阿栄は六十過ぎまで生存が確認されているので、当時の女性としては長生きの方だろう。更年期の不快な症状も身に覚えがあったはずだ。

阿栄は原因不明の頭痛、いらいらを茯苓で解消しようとしたらしい。私も阿栄にならって茯苓を取り入れることを考えた。で、薬屋で求めたのが、何と昔懐かしいネーミングの「命《いのち》の母《はは》」と「實母散《じつぼさん》」。この二つの漢方薬に茯苓が入っている。「命の母」にはその他に芍薬《しやくやく》、桂皮《けいひ》、当帰《とうき》、半夏《はんげ》、人参《にんじん》、紅花《こうか》等、女性の身体によさそうな漢方薬が入っている。「命の母」は錠剤であるが、「實母散」は麦茶のように一つずつパックになっていた。これを沸騰した湯で煎じて飲むのである。くせのある香りは、銭湯の薬湯と同じものであった。

近所に看護師の友人がいる。この友人は、おもしろいことに病院の薬は一切飲まない。

腹痛には富山の置き薬に入っている「赤玉《あかだま》」一本やり。そして少し具合が悪いと、

「實母散」である。子供の頃から母親に飲まされていたという。子供にもいいらしい。彼女の兄も飲まされていたそうだ。

だが、私は「實母散」の匂いに閉口して続けられなかった。「命の母」は錠剤なので今でも飲んでいる。この薬は死んだ伯母も飲んでいた。一年ぶりに生理を見たのはこのせいだろうか。わからない。

老いというものは誰しも避けては通れない。

もちろん、死というものも。自分の死には大いに興味がある。いったい、どういう状態でそれがやって来るのだろうかと。

作家としての大いなるテーマでもあるが、誰も生きている内はわからない。なるほど、これが死かと思った時、自身はもの言わぬ亡骸《なきがら》となっている。残された者に伝える術《すべ》はないのだ。生きている者は死体から、あれこれ想像するしかない。

病院の白い天井が末期《まつご》の景色か、それとも自宅の床だろうか。札束を詰め込んだカバンを傍に置いて、散らかった部屋で一人死んでいった作家がいた。あの流麗な文章とは別に信じられる物がお金だけというのが悲しい。

そのお金も銀行に預けることすら不安で手許に置いていたのだ。

――金なんざ、あの世に持って行ける訳でもなし……世の中、金じゃないぞ。

私が小説の中で登場人物の一人に語らせた台詞《せりふ》である。多分、それを書いていた時の私の脳裏には老作家の最期の姿が映っていたと思う。

私の近所でも昨年の秋、独り暮らしの九十近い老女が亡くなった。長く古物商をしていた人である。私はその老女から仏壇の供え物の果物やお菓子をしょっちゅう、いただいて（独り暮らしでは食べ切れないので）世話になったので、もちろん葬儀に行った。身内は誰もおらず、葬儀の客は皆、近所の人達であった。香典は用意したが、それを受け取る人がいないので寺の住職は持ち帰るようにと言った。寺には生前、老女が永代供養の費用をすでに払い込んでいた。後は民生委員が始末して、残った財産は国に没収されるという。簡単なものだった。何だ、これでいいのかと、私は妙に安堵した。形見分けに小さな鏡台を一ついただいた。今、その鏡台は次男が使っている。

頭を染める時にちょうどいいらしい。次男の頭は、ほとんど金髪である。

私も、いたずらにじたばたせず、書き残したものはないか、用意万端調《ととの》えて、従容《しょうよう》として死にたいものである。

その前に両親を見送るという大事な仕事があるので、この一文は両親には見せられない。現在、親の介護が重要な課題となっている女流作家が何人かおられるので、それを手本にしたいと思っている。

さて、この度、単行本にまとめられることになった『斬られ権佐』は、あらかじめ死が約束された話である。この作品では死を粗略に扱わないことに注意を払った。余命いくばくもない権佐が家族のために必死で生きる姿を描きたかった。淡い水彩画のような色調に仕上がったと担当編集者が感想を洩らしたので、私の試みの半分は成功したようだ。

この作品を書いている途中、偶然に末期《まつき》癌《がん》患者を在宅で看取《みと》った家族のドキュメントをテレビで見た。

とても天気のよい午前中、日光浴をさせようと患者のベッドをベランダに運ぶ途中で息絶えた。まだ三十代後半の男性であった。カメラは死の瞬間まで克明にその表情を捉《とら》えた。まことに最期は呆気《あっけ》なかった。しかし、妻はすぐに死亡時刻を確認して、てきぱきと主治医に連絡を取った。冷静であった。

葬儀の時、何年ぶりかで髪を切った妻の顔が若々しく見えた。微笑《ほほえ》む夫の遺影と向き合った瞬間、さすがに込み上げるものがあったようだ。しかし、彼女は唇を引き結んで、ぐっと堪《こら》えた。その表情は私がどのように筆を駆使しても表現しきれないものだった。

だから、権佐が死んだ時、妻のあさみの表情は書けなかった。涙一つこぼさなかったと簡単に流した。あさみが本当に泣いたのは、それから何年も経ってからのことである。

姑の月命日には菩提寺から住職がやって来る。仏壇の世話は面倒なものであるが、普段はろくに御飯もお水も上げず、放り出しているありさまなので、月に一回ぐらいは供養のためにお経を上げて貰っている。

住職には息子がいて、この息子も家に来るが、私としてはちっともありがたくない。人の顔さえ見れば寄付寄付と騒ぐ男である。腹立ち紛れに二千円を出すと、前は三千円いただきましたと、しゃらりと言ってのける。領収書も出さない。税務署に訴えてやろうかと本気で思う。しかし、住職は好きだ。フーテンの寅さんの映画に出てくる御前様《ごぜんさま》のように穏やかで徳を感じさせる人だ。住職は和讃《わさん》というのだろうか、七五調の歌を唱えることが多い。花尽くしである。人生はこの世の花の姿にたとえられるらしい。

読経を終えた住職へお茶の代わりにお酒を差し上げたことがある（息子はコーヒーのアメリカンを所望する。くそッ）。普段は心臓の持病があるので、家族からお酒を止められているらしい。内緒で差し上げた。

「ねえさん、年を取ると何も彼《か》も悪いことばかりではないぞ」

住職は、おいしそうにお酒を召し上がりながら言った。

「いいこともありますか？」

「ふん、酒の味がよくなる」

そうか、悪いことばかりでもないか。気がつけば、私も日本酒の手が上がっている。


『斬られ権佐』を書いている途中で、私は般若心経《はんにゃしんぎょう》を暗記した。一つには権佐の供養のために何かしたいと考えたことと、もう一つは、この年になって暗記などというものが果たしてできるのだろうかと、自分を試す意味があった。案外、覚えられるものである。

気持ちが落ち着かない時は、これを唱えることにしている。不思議に安らぐ。「命の母」と般若心経が更年期の私の特効薬である。

そこの人、今、笑ったな？

あやめはあやめ

「あやめ横丁のあやめは、花のあやめじゃないんです。人をあやめる（殺す・傷つける）意味のあやめなのよ」

丸南という蕎麦《そば》屋の娘がそっと慎之介に囁《ささや》く場面で、あやめ横丁の秘密が明かされる仕掛けになっていた。人間の先入観を逆手に取ったものであるが、残念ながら、これは私の発想ではない。

故中上健次氏は作家になる以前、羽田の飛行場に勤務しておられた。通勤途中、中上氏は、あやめ橋という小さな橋の傍《そば》を通られた。その橋の名を目にする度、中上氏は決まって、人をあやめる意味のあやめを考えてしまうとエッセイの中で書いておられた。

多分、その頃、中上氏は、かなり屈折したものを胸に抱えていたのではないだろうか。

普通、人はあやめと聞けば、花のあやめを思い浮かべるものだ。

新聞連載小説の依頼を受けた時、タイトルを「あやめ横丁の人々」とすることに迷いはなかった。心に傷を持つ人々が生きていくために何をすればいいのかを考えてみたかった。

ちょうどその頃、さし絵の安里英晴さんとコンビを組んで雑誌の仕事がスタートした。

顔合わせを兼ねて歌舞伎座で中村勘九郎丈の「梅雨小袖昔八丈《つゆこそでむかしはちじよう》」（髪結新三）を一緒に見た。安里さんは文壇のパーティーは苦手な人だが、歌舞伎はお好きである。幕間《まくあい》で「今度、新聞小説を書くんですけれど、安里さん、さし絵を引き受けてくれる？」。気軽に打診すると「いいっすよ」と、間髪を容《い》れず、応えてくれた。

安里さんの描いた登場人物は一つとして同じ表情をしていたためしはなかった。慎之介にしても呑気《のんき》な顔、厳しい顔、屈託のない顔、悲しみに沈んだ顔と千差万別であった。

そうだ、人間は様々な顔を持っているのだと、改めて気づいた。

時代小説を書き始めた頃、江戸の地理に疎《うと》かった。それで、架空の町を想定してやろうか、などと大胆なことも考えた。もちろん、それはできない相談であったが、はからずも、今回のあやめ横丁で実現することになった。あやめ横丁は江戸の地図にはない場所である。ゆめゆめ、あやめ横丁はどこにあるのかと探さないようお願いする。

次回に期待を持たせるような書き方をする新聞小説は私なりにおもしろかった。夕刊が来て、小説の部分を切り抜き、それをスクラップブックに貼《は》りつける行為を来る日も来る日も続けた。それももうおしまい。

ひと仕事を終えて、本当は自由を感じていいはずなのに、どこか思いを振り切れない部分がある。多分、私もあやめ横丁の住人の一人となって、あの狭い空間に暮らしていたからだろう。あやめ横丁は火事で何も彼《か》もなくなってしまった。伊呂波《いろは》も権蔵《ごんぞう》もおたつもいない。慎之介に残されたものは、はかない思い出ばかり。こうして考えると、私は何と悲しい小説を書いたのだろうか。あやめという言葉が知らずに結末を悲しい方向へ導いたのかもしれない。

無名の人々

今年の三月で作家デビューして十年になる。

よくもまあ、浅学非才の身でここまで続けて来られたものだと我ながら感心している。それもこれも読者と担当編集者のお蔭である。

時代小説を書いているので、さぞかし歴史には強いのではないかと思われがちだが、高校時代の歴史の成績はお話にならないほど悪かった。多分、教科書の歴史が為政者ばかりの話に終始していたためだろう。信長も秀吉も家康も、私には興味の持てない人物だった。

一人の人間が存在するためには、過去に三千数百人の先祖を必要とすると、何かで読んだことがある。

私が現代に生きているのは両親のお蔭であり、両親を生み出した二組の祖父母、さらに四組の曾祖父母へと続く。さらに遡《さかのぼ》れば、先祖に当たる人間が途方もない数になるのも肯《うなず》ける。曾祖父母の時代は幕末といえども立派に江戸時代である。

こうして考えると、江戸時代は私にとって、さほど遠い過去とは思えないのだ。血の繋《つな》がった先祖の誰かが生きた時代を書くと思えば、おのずと親密感を覚える。私が時代小説を書く理由の一つである。

最近は江戸時代だけでなく、明治という時代にも目が向くようになった。

私の住む函館は言わずと知れた五稜郭戦争の拠点である。史跡五稜郭は桜の名所でもあるが、小学生の頃、運動会の会場として私にはなじみが深い。

戦後のベビー・ブームに生まれた私の小学生時代は児童であふれ返った教室と脱脂粉乳の給食に象徴されるだろう。運動会も小学校のグラウンドでは間に合わなかった。星型の土塁で囲まれた五稜郭の中は赤土の広場になっている。かつて存在した箱館奉行所は戦争で木っ端微塵《みじん》にされ、その後建てられた博物館の前に二基の大砲がオブジェと化して残っているだけだ。そこで戦争が行われたことなど、小学生の私は、つゆ思いもしなかった。

小説を書くようになって、編集者から五稜郭戦争の話を書かないのかと何度も訊《たず》ねられた。当時は全く興味がなかったので、書きません、とすげなく応えていた。それどころか地元の歴史にも興味が持てなかったのだ。

私の気持ちを変えたのは松前藩の家老で絵師でもあった蠣崎波響《かきざきはきよう》である。蠣崎波響こそ、松前藩の歴史の中でひときわ脚光を浴びる人物と言っていいだろう。

奥州梁川《やながわ》に移封《いほう》（お国替え）となった松前藩を元の松前へ戻すまでの波響の努力は筆舌に尽くし難い。波響の足跡を辿った物語を書いたことで、私は地元の歴史に興味が持てるようになった。そこから当時の時代を俯瞰《ふかん》できることも知った。

苦手の明治時代を考えると、やはり五稜郭戦争というものは避けて通れない貴重なポイントだった。

榎本武揚《えのもとたけあき》は私好みの人物である。下級の御家人の息子に生まれ、当時のエリートコースである湯島の学問所へ通ったものの、成績は芳《かんば》しくない。さらに長崎の海軍伝習所の伝習生に選ばれるも、最初は補欠の扱いだった。

勝海舟のような超一流の秀才ではなかったことが私に共感を覚えさせたのだろう。榎本は努力家だった。それが後の数々の華々しい経歴となったのだ。

だが私は榎本を真正面に据えて小説を書く気になれない。彼を取り巻く無名に近い人物を通してなら書きたいと思う。無名なら何でもありだ。私の貧しい創造力でも形になる。

ところが自由に物語を紡げるはずが、無名ゆえに資料がとぼしい。ついにはお手上げの状態となってしまうことが度々だった。

なぜ無名の人物に心が魅かれるのか。それは、とりもなおさず、私の先祖であったかもしれないし、あるいはその人物と私の先祖と何らかの接触があったのではないかと思えるからだ。

今後も、江戸の市井小説の合間に、歴史上、実在した人物のことを考えてゆくことだろう。

このような方向性を見つけられただけでも十年書き続けた甲斐《かい》があった。歴史を振り返ることは、これから生きる指針ともなろう。

季節は早や春である。現実に目を向ければ、世の中は忌《い》まわしい事件ばかりだ。小説の言葉は弱いけれど、殺してはならない、人の物を盗んではいけない、うそをついてはならないと私は訴え続けたい。それが年頭に当たっての私の覚悟である。

まっとうに生きること

どうして江戸を背景として時代小説を書くのかという質問は、これまで何度も受けてきた。大いなる郷愁であるとか、先祖の一人が生きていただろう時代を追体験してみたいとか、その時の気分であれこれ応えていた。

小説の技術面から言えば、時代の推移に左右されない作品が書きたいと思っていた。それが時代小説になったのだろう。

もう亡くなられてしまったが、高度成長期の東京を舞台にした小説で一世を風靡《ふうび》した作家がいた。今、彼の小説は、私には読むに堪《た》えない。文章、文体はともかく、そこに描かれた東京が色あせて見える。時代の風俗を主体に描くと、そこから小説が腐ると言ったのは三島由紀夫であったろうか。けだし名言であると思う。

同じ風俗でも、江戸時代のことならば意味が変わってくる。江戸時代の風俗はあたかも骨董品のように、当時より価値あるものに感じられる。しかし、時代小説などいらないと考える人間も多い（作家の中でさえ）ので、私の意見は独りよがりであるかもしれないが。

めまぐるしく変わる現代、果たして時代小説が必要かどうかは、正直、わからない。

それでも、時代小説は廃《すた》れずにここまで続いている。それが私には不思議なことのように思える。恐らく、この先も時代小説をものする作家は輩出されるだろう。時代小説を好む読者がいるから、作家も仕事が続けられるのだが、読者にとっての時代小説とは何なのか。それも私には興味が尽きない。

時代小説を書くようになって、私はつくづく日本人であることを幸せに思うようになった。子供を事故で亡くした親がテレビで報道されることがある。涙を流し、悲しみにうちひしがれていても、大声でわめいたり、罵《ののし》ったりする場面には、あまりお目にかからない。これが他の国の人間になると人目も憚《はばか》らず、嘆き悲しむ。もちろん、無理もなかろうと、こちらも同情するが、人前では感情を抑えている日本人の方が印象に残る。

忠義を重んじる武士、世間体を考える町人、日本人の感情は、今も我々現代人の中に引き継がれていると思う。だから、そのエッセンスが凝縮した時代小説が読まれるのかも知れない。

言うまでもなく、時代小説の作家も読者も過去の時代を見た訳ではない。私も他の時代小説の作家もイメージを盛り上げて書いている。こうだったのではないか、と。

テレビの時代劇に登場する役者達は身なりがきれい過ぎる。頭は結いたてのように皆、撫でつけられている。男性のちょん髷《まげ》は、おおむね太過ぎる。女性の着物の着付けも、あまりにきっちりし過ぎている。

幕末の写真を見ることもあるが、武家の奥方でも恰好はかなり質素だし、頭にごてごてと飾りをつけていない。黄楊《つげ》の櫛《くし》か鼈甲《べっこう》の笄《こうがい》をすっと挿《さ》している程度だ。華やかに見えるのは吉原の花魁《おいらん》か、芸者衆ばかりで、庶民の女性は、皆、地味な色の着物に身を包み、化粧もせず、朝からくるくると家事に追われていた。たまに年寄りの女性が白粉《おしろい》でもつけようものなら、皺《しわ》に白粉をぶち込んでと、陰口を叩かれるのが関の山だった。

　年相応の恰好、分《ぶん》をわきまえた行動がかつては重要視されたのだ。昔の年寄りは生きやすかったと思う。今は徒《いたずら》に老け込むことが許されない。平均寿命が年々長くなるご時世では、五十、六十を年寄り扱いしては真顔で叱られるというものだ。四十半ばで隠居した昔と比べると雲泥の差だ。年寄りは相応の年齢になると、枯れ木のようにぽきりと死んだ。家族に看取られて。長生きが必ずしも喜ばしいことではなくなっている現代、いっそ羨《うらや》ましいことにも思える。

　そういうことをつらつら考えながら私は時代小説を書いているのだが、登場人物達には、必ずしも古臭いモラルを強《し》いてはいない。特に女性には結構、言いたいことを言わせている。それは私が言いたいことを比較的はっきり言う人間だからである。

　デビューした頃は一から十まで編集者の言うことを聞いていた。師もおらず一人で小説を書いてきた私には、編集者の助言に納得することは多かった。極端な話、てにをはも相当怪しかったのだ。ベテランの編集者に手取り足取りされて十年が過ぎた。その間に、担当の編集者は定年で去ってゆき、私の息子のような編集者が担当になることも多くなった。そうなると、黙って言うことを聞いてばかりはいられなくなった。

約束した時間を守らない。校閲《こうえつ》から戻ってきたゲラをチェックしないで送ってきて、私にいらぬ手間を掛けさせる。挙句は他社で出した単行本を文庫にさせろと平気な顔で言う。

文庫にするということは、その会社のこれまでの実績、待遇、信頼関係が大きく影響する。よりたくさん、より長く売ってくれる会社にするのは人情の自然であろう。

（誰がお前の所で文庫にするものか。悔しかったら、広告に金を遣って、もっと売り込め）

私は言えない言葉を胸で呟《つぶや》いている。

髪結い伊三次《いさじ》のシリーズは、デビューした時からずっと書き続けているものである。

廻り髪結い（床《とこ》を持たず客の所に出張して仕事をする髪結い）の伊三次と芸者のお文のひと組の夫婦を通して、様々な問題を考えてきた。お文は伊三次よりも稼ぎがいい。それゆえ、伊三次は喰わせてやっていると大きな口は叩けないし、お文も黙って伊三次の言うことを聞く女ではない。同い年だからなおさらである。

捕物帳の体裁をとっているので、物語に事件が絡《から》む。当初は罪を犯した下手人に同情を寄せることもままあったが、最近の下手人は理解が及ばないほど凶悪になっている。この傾向は新聞やテレビで報道される犯人が以前より質《たち》が悪くなっているせいだ。

つまり、いくら現代と違う昔の話を書いていると言っても、おのずと作者は影響を受けているのである。これから伊三次とお文はどんなふうになって行くのか、それは私にもわからない。ただ、いつまでも書き続けられるものではないので、頃合を見て幕引きしたいと考えるようになった。

江戸時代が私に教えたものは何だろう。たくさんあるけれど、基本は人を殺さず、欺《あざむ》かず、家族を大事にまっとうに生きること。これに尽きるような気がする。

故吉村昭《あきら》さんは、一つ時代小説の作品を書き終えると、座標が傾いていることを意識された。時計が午後の二時を打つと「八つか」などと言ってしまうそうだ。傾いた座標を修正するために、吉村さんは現代小説を書かれたという。私は、そんな器用なことはできない。

私の座標は江戸の時代に傾いたままだ。

昔の随筆集を寝る前に読むのが楽しみである。南町奉行を務めた根岸肥前守の

『耳嚢《みみぶくろ》』、平戸藩藩主松浦《まつら》静山《せいざん》『甲子夜話《かっしやわ》』、あるいは聞き書きでまとめた篠田《しのだ》鉱造《こうぞう》氏の『幕末百話』などはおもしろく読んだ。

そこから江戸はこうだったとイメージする。

イメージの江戸はいつも懐かしく優しい。

現実は貧しく悲惨で理不尽であったとしても、私には江戸時代がよく思えてならないのである。これから私は、壮大な物語を書こうとは思っていないし、書けるはずもない。普通の人々の普通の暮らしを通して仄《ほの》見える江戸のイメージを掬《すく》い取って書くだけである。

ちょうど今、彰義隊《しょうぎたい》をテーマにした新聞小説を書き終えたばかりである。心は解放されていいはずが、なぜか重いものを引きずっているような気がする。座標は相変わらず江戸に傾きっぱなしである。上野寛永寺《かんえいじ》の鐘の音が聞きたいと、ふと思った。

第3章　日々徒然

口上

「背のびして見る海峡を……」で始まる「港町ブルース」は、故猪俣公章氏が放ったヒット曲である。

この一番の歌詞の終わりが「港函館　通り雨」。

通り雨より性悪なヤマセの（冬の季節に吹く強い西風）方が函館の人間にはなじみがあるが、ヤマセでは唄《うた》にならないだろう。異国情緒、新鮮な魚介類、人情に厚い人々。それが観光都市函館の謳《うた》い文句でもある。

しかし、函館に四十数年住み続けていると、謳い文句とは別の函館の顔も見えてくる。町全体がのんびりとして覇気《はき》がない。故に刺激も少ない。人情に厚いのは確かだけれど、人によっては他人の生活を干渉し過ぎる傾向もある。

函館は私にとって、たとえて言うなら切ろうと思って切れずにいる恋人のようなものだ。

うんざりしているのに情が絡《から》んでどうにもならない。ずるずると腐れ縁が続いてゆく。

函館のために小説を書いているという意識はないけれど、こうして地元新聞に紙面を与えられると、たまには函館のことを考えてみようかという気にもなる。

東京から訪れる編集者は、大抵が函館を気に入って下さる。温泉、イカ刺し、朝市、地ビール……。褒め上げるものはそれだけなのか。

もっと違う函館もあるはずである。それをこれから探してみたい。

短縮の妙

中学生のころ、国語の教師に「国鉄」の正式名称を問われ、答えられずに悔しい思いをしたことがある。「日本国有鉄道」という名称よりも、はるかに「国鉄」が定着していた。

「親父の勤め先ぐらい、ちゃんと覚えておけ」と、その教師は言った。父はその当時、国鉄職員であった。

あんな授業、何になった。国鉄が崩壊した時、積年の恨みが噴出して私は胸の中で吐き捨てたものである。

外国のことはいざ知らず、日本はとかく短縮してものを言いたがる。短縮すると本来の意味とは違うニュアンスが生まれ、それをおもしろがっていると、やすやすと日常生活に定着してしまう。二語以上の言葉はことごとく短縮される運命にあると言っていいだろう。

世間を騒がせている拓銀もそうだ。

私はテレビやラジオで、アナウンサーが「北海道拓殖銀行」と正式に言っているのを聞いたことがほとんどない。日本語の乱れを憂うならば、このあたりからも考え直さなければならないような気がする。

ＳＭＡＰのメンバーの木村拓哉さんが「キムタク」と呼ばれて親しまれているのは私でも知っている。

しかし、北海道出身のバレエダンサー熊川哲也さんを「クマテツ」と短縮して雑誌が紹介していたのには驚いた。何もそこまで。クマテツはないだろう、クマテツは。

あおげば尊し

卒業式のシーズンである。私の長男もこの三月に高校を卒業した。

最近、卒業式で「あおげば尊し」は歌われることが少ないようだ。歌詞の内容が現代にそぐわないと考えられるからだろう。なるほど今更「ほたるのともし火　つむ白雪」でもない。

しかし、私は単純にあの哀切なメロディーが好きだ。あの歌が流れてくると自然に涙ぐみそうになる。それを年のせいと笑わば笑え。

特に二番の歌詞にある「身をたて名を上げ　やよはげめよ」のところになると、どうにもいけなくなる。

長男はかつて中学校を卒業する時、技術科の年配の教師から「諸君は私の誇りであります」とクラスの仲間とともに言われたそうだ。

また、英語の教師からは「お前らはいい奴だった」と涙をこぼされたという。うそでもそう言ってくれた教師を真実、私はありがたいと思う。それが息子たちにとって「身をたて名を上げ　やよはげめよ」の代わりの言葉と思えなくもない。

私も恩師の言葉に叱咤《しった》激励されて生きていると感じることがままある。卒業式の「あおげば尊し」にその言葉が凝縮されていると思う。さんざん、歌わされてきた後遺症であろうか。そのようには考えたくないけれど。

長寿の食卓

ＮＨＫの朝の番組のコーナーで「長寿の食卓」というのがあった。八十歳以上の健康なお年寄りに取材し、日々、何を召し上がっているのかを探る番組である。定年になってから陸上を始め、マスターズの世界大会に出場し、記録を塗り替えている達人も中にはいらっしゃる。

おおむね、長寿を保っているお年寄りは野菜中心の食事で、適度な運動をしたり、手先を使う仕事をなさっている方が多い。趣味を持つことも重要な要素である。家族が多いのも特徴であった。

われわれ、団塊の世代が六十代の年齢に達するころ、核家族化はさらに進み、孤独な老人が増えることは必至である。不安なこと、この上もない。長寿の食卓どころか食事の仕度が満足にできるかどうかも危ぶまれる。

中学校の同期が集まった時、末は同じ敷地に長屋のような家を建て、一緒に暮らそうかという話が出た。いやだね。私はにべもなく言った。年寄りが集まり、慰め合って何になる。

それでは、その長屋に若者を入居させてはどうか。年寄りの集団に近づく若者がいるか。そう言うと、みんなは黙り込んだ。

結局、自分の身は自分で守るしかない。同期のまとめ役は最近、たばこをやめてマラソンに精を出しているという。しかし、そうやって健康に気を使い、長生きしてどうなる、という考えも私にはあるのだけれど、それはみんなに言わなかった。

釈迦涅槃図

函館の高龍寺で蠣崎波響《かきざきはきよう》の「釈迦涅槃図《しやかねはんず》」の展覧会があった。釈迦涅槃図は高龍寺の禅海上人の求めに応じて波響が筆を執《と》ったものである。波響は松前藩の家老であり、しかも十二代藩主の実子でもあった。松前藩が奥州の梁川に転封になった時、復領の資金をつくるために波響は絵を描いて画料を取った。釈迦涅槃図は、その売り絵の中の最高傑作と言われる。双幅の表装された絵は年月の重みでくすんで見える。当時はさぞや絢爛《けんらん》豪華な色彩で見る者の目を奪ったことだろう。

横たわる釈迦の周りには、さまざまな人々が悲しみの表情をしている。よく見ると、犬も猿も、ハトもスズメも、カブトムシも赤トンボも、およそこの世に生きるすべてのものが釈迦の入滅《にゅうめつ》を悲しんでいるのだった。その細密な筆遣いにあらためて私は目を見張った。落款《らっかん》に波響の文字はない。それはあくまで、絵師波響ではなく、松前藩家老、蠣崎広年として描いたという意志がほの見える。画料はすべて藩に差し出し、彼の懐には一文も入ってはいない。

波響の努力で後年、松前藩は晴れて復領がかなうのである。もしも、彼がいなかったなら、松前藩は梁川に置かれたままであったろう。

当然、釈迦涅槃図の絵も存在しない。歴史に深い感慨を抱くのはこういう時である。興味のない方にはただの仏教絵にすぎないのだが。

カルシウム

一年ほど前、足と腰の調子が悪く歩行のつらい時期があった。病院に行くと椎間《ついかん》板狭窄症《ばんきようさくしよう》と診断された。年齢のせいで仕方がないと医者に言われ、むっとして帰って来た。しろうと考えで運動不足でもあろうかと、冬期間にかかわらずよく歩いた。

それでも一向に改善する兆しが表れなかった。困ったなあと悩んでいた時、ふと目に留まった雑誌に、女性は閉経期前後から極端にカルシウムが不足する体質になるとのデータが載っていた。これだと思った。私の調子の悪さはひとえにカルシウム不足から来るものではないのか。さっそく薬局でカルシウム剤を求め、食事にも気を使うと二週間ほどで、足の痛みも消え、歩行も以前と同じ状態に戻った。

それから足の調子が悪いという人がいればカルシウム、カルシウムが肝腎と勧めている。

調子の悪さをそのままにしていれば骨粗鬆症《こつそしよう》などの恐ろしい病気を引き起こす。

ただし、カルシウムは適度な運動をしなければ身体に吸収されないという性質もあるらしい。健康に気を使うのは結構難しい。以前、CMで公衆電話をかけ終えた中年の女性が、いきなりその場でとんぼ返りをしたのを見た。いささか感動した。人間の身体は鍛え方次第でもある。

四稜郭

四稜郭《しりようかく》は函館の神山《かみやま》の台地にある要塞《ようさい》である。最近は住宅地として周辺もにぎやかになって来た。戊辰戦争で函館までやって来た榎本軍が官軍の攻撃に備えて四稜郭を築造したのである。現在は遺跡というより市民の憩いの場になっている。方形の土塁があるだけでほかは何もない。土塁の中は池の底のようだ。遠くに函館山が小さく眺められて景色はよい。

四稜郭の築造はフランスのジュール・ブリュネ大尉のアドバイスによるものだという。ブリュネはメキシコ戦線で活躍した軍人である。幕府は日本に近代的陸軍をつくるべく、フランス政府に軍事顧問団を要請し、ブリュネはその顧問団の一人として来日したのだ。

彼についてはさまざまな意見もあるが個人的には好きな人物である。政局が悪化して軍事顧問団に退去の命令が下りても、ブリュネはフランス政府に背いて榎本軍と行動を共にしている。彼は砲術を教えた生徒達の行く末が案じられてならなかったのだ。大義を重んじる精神はフランス人というよりサムライに近いと私は思う。

しかし、結果は皆さんご承知の通り。

四稜郭はまさに、つわものどもの夢の跡である。そこに榎本武揚とブリュネが確かに立って、官軍に対処する方法をあれこれと論じたのだ。それから茫々《ぼうぼう》と時は過ぎた。

四稜郭に限らず、遺跡にどこか空虚な思いがつきまとうのはなぜだろう。

チーズケーキ

私はどうも、外食より友人知人が教えてくれた料理にいたく感動するところがある。友人知人と言ってもたいていは主婦で、主婦の作る料理はひとえに家族のためである。おいしいのは、そこに愛情が感じられるからだ。

愛だろ、愛——少し前にはやったCMの文句をいただく度に呟《つぶや》いている。なんの変哲もないマカロニサラダもパプリカをまぶしてあればおしゃれに変身。これは後藤サラダと命名している。卵焼きにゆでたホウレンソウと、かに風味を巻き込んでいるのは村上たまご。酢ダコに細かく刻んだかいわれをまぶし、中華ドレッシングを掛けたものは岩岸サラダ。

そう、私は教えていただいた料理に敬意を払って、その方の名前をつけているのである。

前田ドリンクは転勤族の前田さんという奥さんが教えてくれた一品である。お湯を沸かし、そこに蜂蜜《はちみつ》を溶かし、冷めてからレモンをぎゅっと搾り込むというもの。自家製蜂蜜ドリンクであるが、市販のものより糖分の制限になる。清涼飲料水の値上げを嘆く方はお試しあれ。

私はこのほかに、とてもおいしいチーズケーキが作れるのである。これを教えてくれたのも中学校時代の友人である。ただし、友人とはその後、事情があって絶交してしまった。作る度に思い出して腹が立つ。だけどチーズケーキはおいしい。そのジレンマに私は悩む。このチーズケーキには、だから友人の名前は謳《うた》っていないのである。

花火

日本人は花火の好きな民族である。江戸時代から連綿と続いている花火大会は、ますます華麗に、いよいよ大掛かりになっていく。

函館も恒例の花火大会が八月一日に開催された。スターマイン、青牡丹銀時雨、しだれ蝶、変化菊残光、スパンコールと、その名も奮《ふる》っている五千発の花火が夜空に弾《はじ》けた。

元教師だったその人も入院していた病室から妻と二人で花火を見物した。命の灯が燃えつきる瀬戸際であった。医師は一日が山だと妻に伝えていたらしい。

「ほら、お父さん、上がったよ」

妻の言葉と耳をつんざくほどの轟音《ごうおん》に、その人は目を開けて窓の外に視線を投げる。すでに意識は朧《おぼ》ろである。五色の光が闇に消えると、その人もまた目を瞑《つぶ》った。どーんと音が聞こえるとまた、目を開ける。何度かそれが繰り返された。最期の花火である。最期の景色である。それがその人にとって幸福なことだったのか、そうでなかったのか私にはわからない。しかし、その人は花火大会から四日後にひっそりと息を引き取った。

来年、その人の妻はどのような気持ちで花火大会を見物するのだろうか。そう思うと少しだけ胸が痛む。花火のまばゆい光も、それが消えた時に訪れるつかの間の闇も、ともに命を象徴するものに思えてならない。だから人は花火が好きなのだと、私は勝手に考える。

記憶力

年々、度忘れがひどくなる。記憶力の減退である。肝腎なことは案外忘れないものだが、何気ないことを忘れる。

子供のころ、母はいつも財布を捜していることが多かった。うっかりそこらへんに置いて忘れてしまうのだ。内心でばかな親だと思っていたが、それと似たようなことが今の自分に起きている。覚えていたつもりの贔屓《ひいき》の映画スターの名を度忘れする。ハリソン・フォード、メリル・ストリープが出てこない。先日は歌舞伎役者の岩井半四郎丈の名に往生した。

そういう時、頭の中に平仮名の五十音表を思い浮かべ、あ、い、う、と辿《たど》ってゆく。語感から思い当てるのだ。二時間もかかったことがある。別にそれを思い出さなくてもいいようなものだが、気になるとどうしようもなくなる性格なので仕方がない。

「月に葦《あし》、浮いたばかりの土左衛門」という戯《ざ》れ句は江戸時代の俳人の息子か弟子が作ったものである。雑誌で何気なく見て、おもしろいと思ったが、そのままにしたのがいけなかった。後で気になりだしたのである。作者の名前どころか何の雑誌かも見当がつけられない。五十音表も役に立たない。毎日、むなしくその句を呟《つぶや》いている。困ったものである。

銭湯に行こう

細身の若い女性とすれ違った時、ふわりとよい匂《にお》いがした。シャンプーしたばかりの匂いだ。

自宅に浴室を備えているのが当たり前の時代になって、彼女たちはシャワーを浴びてから外出するようである。朝から髪を洗うのも今では特に珍しいことではない。自宅に浴室があれば当然、銭湯は必要のない場所である。

私はたまに近くの銭湯に行く。広い浴槽につかってのんびりしたいのと、盛大に垢《あか》を流したいからである。銭湯に行くと湯気の量が違うせいか垢がおもしろいほど出る。レーヨン製の垢すりは私の必需品である。だが、たまに行く銭湯に客の姿は少ない。込んでいるのは嫌だけど、あまり人がいないのも妙なものである。この調子では経営が危ぶまれる。近所に銭湯がなくなるのは寂しい。

子供のころ、銭湯に行くと、入浴の仕方が美しい人が何人もいた。つま先立てて、両ひざをつき、にんにくのような踵《かかと》に形のよいおしりをのせて手際よく体を洗う仕《し》種《ぐさ》にほれぼれしたものである。女性らしい仕種は見て覚える、まねて覚えるものだと思う。そういう学習の機会は失われつつある。ということで、たまには銭湯に行くことをお勧めする。母方の祖父は銭湯を経営していた人なので町の銭湯の行く末が特に気になるのである。

希望

私の友人の夫は十年以上も人工透析を受けながら仕事をしていた。不幸なことに二カ月前、脳出血を起こして救急車で病院に運ばれた。意識は戻ったが今も入院生活が続いている。パパが、がんばっているから自分もがんばるのだと友人は健気《けなげ》に介護している。

症状が落ち着いたころにお見舞いに行って来た。友人の夫は半身に麻痺《まひ》が残り、言葉はまだしゃべれなかった。毛布の下から彼の細い足がのぞいていた。その細い足が友人と二人の娘を育てるためにがんばってきたのだと思った。

そうだ。彼は紛れもなくがんばったのだ。

友人は病院にいる間、夫の透析の作業を手伝っていた。なかなか面倒である。しかし、友人の手際はよい。見守る私も履物を替え、手を消毒してマスクをしていた。

ふと、麻痺している彼の足がびくっと動いたように見えた。それを言うと友人は怪訝《けげん》な顔をした。私は彼の足の裏をくすぐった。今度は、はっきりと反応した。彼の強い生命力が回復に向かわせているのだ。そのささやかな変化に希望という字を当てはめてみる。その日、空は終日晴れていた。

函館再見

雑誌の取材で函館のあちこちを回る機会があった。根が生えるほど函館に暮らしていても知らないことがまだある。だいたい、ロープウエーが今のような大きなものになってから初めて乗ったし、市の文学館に入館したのも初めてであった。

函館おすすめの食べ物は、と聞かれて今更、イカやカニ、イクラを例に出してもおもしろくなかろうと思い、いきなり、ジャガイモのブランドである厚沢部《あっさぶ》メイクィーンにバターと塩辛を添えたものを提案した。「ああ哀愁の函館式芋の塩煮」と勝手に命名した次第。タコの薫製、筋子ではなく小粒のマス子。キンキの塩焼き、ホッキとホタテの刺し身、それに奥尻島のウニとくれば、いやが上にも函館の穴場ムードは高まった。

しかし、しょせん、それらは観光用のサービスで、私が真に感動を覚えたのは護国神社の境内の奥にあった新政府軍の兵士の墓だった。

五稜郭戦争では榎本だ、土方《ひじかた》だと幕府軍の悲哀が取りざたされるが、実は新政府軍から派遣されて来た兵士もこの函館の地で命を落としていたのだ。東北の片田舎から召集されて来た下級の兵士たちである。およそ五十の墓がほの暗い境内にひっそりと安置されている。彼らの中に名のある人物がいなかったせいか、今まで特に取り上げられることもなかったように思う。さぞや、この函館の地が寒くて辛《つら》い場所であったことだろう。師走の中で見る墓の景色はことさら寂しげであった。

古い手帳から

新しい年になって手帳も新しくなった。手帳は私の必需品である。仕事の予定、友人との約束、子供の学校の用事と、忘れないように書きつけている。そのほかに興味を惹《ひ》かれた事柄なども折々に書きつける。ある年はオリックスのイチローの観察をしていたり、NHKの連続テレビドラマの感想を書いたり、函館出身のロックグループ・GLAYの音楽を語っていたり、全くとりとめがない。

故景山民夫氏が取材したテレビのドキュメントも、その中の一つであった。ジョン・C・リリー博士は神経生理学者で脳の研究の権威であった。イルカの脳を研究して一九六〇年代にイルカに言葉をしゃべらせることに成功している。しかしリリー博士は突然に研究をやめる。折しもベトナム戦争のまっただ中、イルカは北ベトナムの攻撃や機雷除去作業に利用された。それは博士の研究をもとにしたものだった。

「イルカのことは忘れた」

博士は景山氏に語った。しかし、博士は熱心な景山氏のために二十数年封印していたイルカと会話しているテープを聞かせてくれた。パー（パパの意味で博士を指す）、一から十まで英語で数えるなど。独特の発声である。乙女のささやきと、たとえる人もいる。博士はそのテープを聞きながら何度も目をぬぐっていた。そんなことが古い手帳に記されていた。

東京のカモメ

東京の両国駅の近くに旧安田庭園がある。

その昔は松平伯耆守《ほうきのかみ》の下屋敷であったが、後年は安田学園の創始者である安田善次郎という人の持ち物になった。屋敷の方はすでにないが、庭だけは残され無料で開放されている。

昨年の暮れに上京した折、私はそこを見学した。庭園の中には大きな池があり、コイや小魚がのんびりと泳いでいる。広さの見当がつけられなかった。恐らく何百坪の単位であろう。

周りは樹木が生い茂り、赤い鳥居の稲荷《いなり》もまつられている。下屋敷でその広さであるから上屋敷はどれほどの威容を誇ったものかと、しきりに感心した。

小柄な真っ白い鳥が目についた。そばにいた人に種類をたずねるとカモメだとこたえた。

何か信じられない気がした。そのカモメはかれんな姿をしていて、普段、函館で見かけるカモメとは似ても似つかない。まさしく東京のカモメであった。両国は東京湾に近いのでカモメを見かけることが多いらしい。

函館に戻って来てから亀田川（通称新川）に架かる橋の欄干にカモメが二羽止まっているのを見た。くちばしが黄色い。羽に灰色の模様も入っている。何しろずうたいがでかい。東京のカモメの優に三倍はある。表情も憎々しい。

しかし、北国のカモメである。これぐらいでないと生き抜いてはいけないとも思った。


東京のカモメはユリカモメであると読者からの指摘がありました。

セレスティーナ

記憶の底に隠れて、すっかり忘れてしまうものは多い。それが時を経て突如目の前に突きつけられるように現れると、何か特別な感慨にとらわれる。

さっぱり絵など描けないくせに、画集を眺めることは昔から好きだった。二十代の初め、名画集を買ったことがある。その中で強く引きつけられたのはピカソの「セレスティーナ」だった。いわゆるピカソの青の時代の作品で、インディゴブルーの暗い色調の中にセレスティーナという名の老婆が描かれていた。白内障で片方が濁っている目でこちらをぎろりと凝視しているものだ。その絵を見て一瞬、金縛りのようになってしまった。ひどく怖かった。怖いくせに目が離せなかった。

何日もその絵を見続けて、ある日、ぱたりと画集を閉じた。それから憑《つ》きものが落ちたように見ることはなかった。

セレスティーナは実在した売春宿の遣《や》り手婆であったという。つい最近、週刊誌でそれを知った。してみると、私が絵から感じた怖さは老婆がこの世の闇《やみ》と取り引きしていた人間だったからなのだろう。

「セレスティーナ」はピカソが二十二歳の作品である。ピカソがセレスティーナに画材を求めた理由はともかく、それを眺めて恐れおののいた自分の気持ちを今では持て余している。

こんぴら歌舞伎

高松空港（香川県）に降り立つと、気温二十度の温気《うんき》が頬《ほお》をなぶった。まるで北海道の夏である。

高松空港から車で四十分ほど行くと琴平町《ことひら》になる。国の重要文化財である金丸座《かなまるざ》はそこにあった。江戸時代の芝居小屋そのままの造りだ。ただ見学するための施設にしておくのはもったいないと、歌舞伎役者有志の尽力で興行が打てるようになって、今年で十五周年を迎える。興行には何十人ものボランティアの町民が参加している。こんぴら歌舞伎のために全国から毎年訪れるファンは多い。

午前と午後の部で、それぞれ違った演目で行われた。今年は成駒屋がメイン。芝《し》翫《かん》、福助、橋之助の親子共演である。私は勧められるままに二日間にわたって、すべてを見た。観客は中年女性が圧倒的に多い。どなたもよく歌舞伎を知っていらっしゃる。福助さんが中将姫の役で現れると「きれい」とため息をつき、橋之助さんの、すっきりした容貌《ようぼう》と完成された演技に感歎《かんたん》の声を上げる。人間国宝の芝翫さんは言わずもがなである。すっかり堪能させていただいた。

ほの暗い小屋の中にいると不用意に入ってくる陽《ひ》の光がうっとうしく感じられる。だが、昔の芝居小屋もきっとこんな感じだったに違いない。ます席で見つめる観客が私の目にはすっかり江戸の人だった。金丸座とは、そういう芝居劇場である。琴平町のすばらしい町おこしとなっている。

雨の泉岳寺

東京で仕事を終え、飛行場へ向かうために有楽町から山手線に乗ろうとした時、ふいに泉岳寺という字が目に飛び込んできた。言わずと知れた赤穂浅野内匠頭の菩《ぼ》提《だい》寺である。

実は忠臣蔵の作品を一つだけ書いたことがある。それは吉良側から書いたものだったので、赤穂藩士たちに対して何やら後ろめたさがあった。

「ちょっと寄って行きなさい。なに、帰りは間違いなくお送りしますから」

そんな声が聞こえたような気がして泉岳寺に行ってしまった。私は東京を自由に歩けるわけではない。せいぜいホテルから飛行場まで教えられた通り行くだけである。寄り道など、もってのほかだった。

泉岳寺はなんと降りた駅のすぐ目の前だった。墓所は思ったより狭い。内匠頭に負けないほど大石内蔵助の墓も大きい。しかし、他の藩士の墓はこぢんまりと並んでいた。その日は朝から雨だったが、墓所に線香の煙が絶えることはなかった。吉良上野介の首を洗った井戸の前に来た時、雨脚はいっそう強くなった。お参りを終え、さて帰るかと泉岳寺駅に戻ったところに電車が来た。羽田空港行きだった。

迷子にならずに戻れたのは赤穂藩士の情けだったのだろうか。

儀式

道浦母都子《もとこ》さんは私の好きな歌人である。

彼女が学生運動に情熱を燃やしつつ詠んだ短歌は切なくも悲しい。

その彼女も五十代。学生運動に対する情熱は収束したが、短歌への情熱はますます熱く道浦さんをとらえて離さない。

ところで、道浦さんには短歌を詠む時の儀式があるという。短歌は日常から非日常への脱出なので頭の切りかえが必要なのだ。その儀式とは髪を洗ったり、散歩したり、好きな音楽を聴いたり、最終的には部屋の中をぐるぐる歩き回ることである。そうしている内に精神が透明になるらしい。

さて、わが身に置きかえて、自分にそういう儀式があるのかどうかを考えてみる。家族が出かけて一人になると、とりあえず食器を洗う。おざなりに部屋に掃除機をかける。ごみの日ならごみを出す。天気のよい日は蒲団《ふとん》を干す。ＣＤを流す。洗濯機の中に洗濯物を入れる。スイッチを押す。そして、いよいよワープロの蓋《ふた》を開くという手順である。何のことはない。主婦業からもの書き業に移行するだけの話である。

神田川　流れ流れていまはもう　カルチェラタンを恋うことも無き

道浦さんの短歌を口ずさむのを私の儀式の一つとしなければ、はなはだ格好がつかない。

便利は不便

東京のホテルでルームサービスの食事を終え、廊下に食器を出した時、後ろでガチャリと音がした。半開きのドアが閉まったのである。私はバスローブ一枚で素足だった。ドアは自然に鍵が掛かるシステムになっていた。押しても引いてもびくともしない。深夜のホテルは通り過ぎる人もいない。私はしばらくどうしたらよいか、わけがわからず廊下をうろうろしていた。あの時の心細さは、ちょっと説明ができない。幸い、近くにエレベーターがあり、その前に電話があったので人を呼ぶことができたのである。盗難防止に配慮されたドアが仇《あだ》になってしまったのだ。

わが家の風呂はガス湯沸かし器からの給湯になっている。不完全燃焼を察知すると赤いランプが点滅して、コンピューターの制御装置が働く仕組みになっている。制御装置が働いてしまうと五、六時間は使えない。シャンプーしている途中であろうがお構いなしである。

腹が立って湯沸かし器のふたを開けると専門の技師相手の説明書が出てきた。それを見ただけでは素人《しろうと》にはわからないものだが、私は性懲《しょうこ》りもなく目を凝らして、制御装置を解除する方法をとうとう見つけた。やったね。

しかし、後でガス会社の人に、危険だからそういうことはしないでくれと釘を刺された。

われわれは本当に便利な生活をしているのであろうかと、ふと思う時がある。

ヒメジョオンの夏

今年の夏は生意気にも暑かった。ようやく暑さも峠を越したようで、秋の到来を告げるように虫の声がかまびすしい。

空地が減り、目につく道路がことごとく舗装されてしまうと、子供のころに当たり前のように眺めていた草花を見かけなくなった。

トキシラズという菊に似た赤い花は道路の端にひっそりと咲いていることが多かった。

シロツメクサは摘んで首飾りにした。アカツメクサは花びらの根元を口に含むと甘かった。そんなことが遠い記憶の中にある。

夏になると空地に咲いていたヒメジョオンも姿を見なくなって久しい。遠くからは目立たないけれど間近で眺めると小さな白い花が可憐《かれん》であった。私にとって夏を象徴する花はアサガオでもヒマワリでもなく、なぜかヒメジョオンだった。

昨年、郊外を車で走っていた時、分譲中の宅地のそばにヒメジョオンを見かけた。家が整備され、人が住みだしたあかつきには姿を消すのだろうかと、ふと思った。

時々、華やぎにベゴニアやインパチェンス、ペチュニアの植木鉢を買うことがある。咲くも咲くが散るのも早い。植木鉢の周りにはいつも花びらの残骸《ざんがい》が散らかってしまう。きれいだけれど私生活がだらしない女性のようでうんざりする。やっぱ、ヒメジョオンでしょう、と若者の口調で呟《つぶや》いてみた。

ラジオ体操

台風一過。あわただしく京都を訪れ、その帰りに仕事の打ち合わせもあり、東京に一泊した。いつもは朝寝坊の私であるが、旅に出た緊張のせいで朝早く目が覚めた。

外からラジオ体操の音が聞こえてきた。泊まったホテルのすぐ前は明治大学なので、運動部の学生の朝練習の一つか、それとも近所の人々が公園に集まって体操する習慣があるのか、よくわからない。しかし、耳に慣れ親しんだメロディーはひどく懐かしかった。もれ聞くところによれば、ラジオ体操第三が考えられているとのこと。第一はともかく第二の方になると記憶が曖昧《あいまい》である。さらに第三となれば、これから覚えるのは難しいだろう。

時代とともに世の中も町も変わる。今回は深川あたりを散策したが、いわゆる深川情緒なるものはあまり感じることができなかった。堀は埋め尽くされ、江戸時代の水の町の面影はない。この先は私なりの深川のイメージを描いていくしかないとも思った。

ものごとを永遠に持続させるのは不可能と思う一方、ラジオ体操は地味ながら今後も何とかその形を保っていくような気がする。

ちなみに私は寝る前にメロディーなしのラジオ体操第一を行っている。身体の節々がポキポキと鳴るけれど、体操の後は気分がよい。

旅の収穫はラジオ体操を再認識することだった。

機械音痴

おおむね、団塊の世代は機械音痴が多いように思われる。ためしに同級生の女性にビデオの予約ができるかとたずねると、「できるわけがないじゃないの」と、あっさりこたえたので安心した。私もビデオは説明書片手でなければ予約ができないのだ。

電話もさまざま機能がつくようになり、便利なことは便利であるが、使いこなすことができない。短縮ダイヤルに新しい番号をセットすることなど全く駄目である。書痙《しょけい》防止に執筆方法をワープロに移行したのは賢明なやり方であったと満足しているが、そのワープロも使いこなせるのは、ある一社のものだけである。フロッピーを全く使用しないと言ったら、編集者は絶句した。私は何か変なことでも言ったのだろうか。

ファクシミリは地方作家の必需品であり、それがなければ締め切りの迫ったゲラの手直しもおぼつかない。ファクシミリを購入する時、私が販売店に出した条件は

「壊れにくいもの」であった。そして、操作が簡単であることも。

ああ、それなのに五枚以上になると、必ずエラーが出る。用紙がくっついて送られてしまう。いったい、どういう理由でそうなるのかわからない。ファクシミリは受信専用である。機械なんて信用できないと心から思っている。

花の名前

年輩の女性たちが道端に咲いている花や、植わっている樹木の名前を口にして季節のうつろいを楽しんでいるのを見かけることがある。

草花に詳しい女性は、それだけで奥ゆかしく思えるから不思議である。できれば私もそうありたいと思うが、花の名前を覚えることは、一朝一夕にはゆかないものだ。一つ一つ目で見、手にとって覚えていくしかない。

私にとって野の花は、いつも見ているけれど名前を知らないものと、名前は聞いたことがあるが実物はどれなのか見当がつかないものの二種類に分けられる。

今年の収穫はタデの花と吾亦紅《われもこう》を覚えたことである。タデの花は稲の穂に似ていて、濃いピンク色が可愛《かわい》い花である。しょっちゅう目にしていたが、名前を知らずにいた。「蓼《たで》食う虫も好き好き」という諺《ことわざ》があるが、ここから来ているのかどうかはわからない。

吾亦紅は花屋さんで知った。おお、これが吾亦紅かと妙に感動して、一束二百円のそれを求めた。暗赤色の丸い穂が地味だけど可愛い。

恩師の通夜に行った帰り、同級生たちと土蔵造りの喫茶店に入った。大きな壺《つぼ》に吾亦紅が山と生けられていた。私はさっそく得意げに「吾亦紅ね」と口にしたが、だれも聞いている者はいなかった。

レベル1

次男の通う高校は、市内でも勉強があまり得意でない生徒が集まっていると思う。中途退学者も多い。せめて無事に卒業式を迎えてほしい、というのが親たちの共通する願いである。

この高校の教師たちはいかにして生徒の目を学校へ向けさせるかに腐心している。

息子から時々、学級通信を渡されるが、かつて私はこのように生徒の小さな利点を見落とさず、徹底的にほめ上げ、意欲をかき立てようとする熱心な学級通信を読んだことがない。

一人の若い女教師は、ダンスという手段で生徒を導こうとした。アメリカのストリートから生まれた自由でエネルギッシュなダンスである。彼女の努力は実を結び、昨年、この高校のダンス部は全日本高校・大学ダンスフェスティバルに北海道代表として出場し、入賞を果たした。プロのダンサーを目ざす子もいる。自分の進むべき道を見つけた子は顔の輝きが違う。息子はダンス部ではないけれど別の部活でがんばっている。親ばかと笑われそうだが、もう、それだけで私はうれしい。

スポーツやゲームの難易度をレベル1、レベル2という表し方をすることがある。レベル1は、いわば基本である。息子たちの高校はこのレベル1をクリアしようと日々努力しているのである。

砂山

函館のデパートで「函館物語」とタイトルを打った写真展が開かれた。撮影者は青函連絡船で無線通信士を務めておられた金丸大作さんというアマチュアのカメラマンで、かなりのキャリアを積んでおられる方のようだ。

「函館物語」は昭和三十年代の函館を写したものが集められた。懐かしい風景に訪れる客も多い。連絡船の三等船室、北洋母船団、馬そり、角巻《かくまき》の女性、雪の降りしきる中で紙芝居に見入る子供たち、マキ切り屋、穴澗《あなま》にあった吊《つ》り橋等々。すべて今は失われたものばかりである。

とりわけ、胸を締めつけられるような気持ちになったのは砂山の景色だった。かつて、私の通っていた中学校の近くに砂山があった。

そう、石川啄木も徘徊《はいかい》したという、あの砂山である。中学生のころには、砂山はすでに姿を消していたが、砂山にこだわり、文集では砂山の思い出を語ったものが多かった。われらは砂山廉士《れんし》、勉強はさっぱり駄目だけれど喧嘩《けんか》なら負けない。そんな気概を砂山は与えてくれたのだと思う。

もう砂山の記憶は朧《おぼ》ろである。しかし、金丸さんの写真には紛れもなく砂山があった。

砂山についていた無数の子供たちの足跡。テンテンテン……その一つに私のものも確かにあったのだと思う。

百鬼丸さん

あるパーティーの会場でウインドブレーカー姿の青年に声を掛けられた。手には唐草模様の風呂敷《ふろしき》包みを持っていらした。挿絵画家の百鬼丸《ひやつきまる》さんだった。私とさほど年の差はないというのに、とても若々しく、青年と言っても決して過言ではない。会場の片隅で百鬼丸さんは風呂敷を解かれた。今度上梓《じようし》する長編小説の表紙絵の見本が入っていた。百鬼丸さんは切り絵を専門にしておられる。

切り絵は作品となった時、絵筆で描いたようにしか見えない。それほど繊細である。

絵が全く素人の私は、切り絵という手法がよく理解できなかった。何気なく、そのことを口にした時、便箋《びんせん》三枚にびっしりと説明したものが送られて来た。百鬼丸さんは、もともと陶芸作家をめざしていた方だった。壺《つぼ》や湯飲みの表面につける装飾を切り絵でやっているうち、人の目に留まったという。その分野ではなかなか有名な人である。

今は立体切り絵という試みをなされて、新たな世界を開拓中である。熱っぽく説明する百鬼丸さんを見ているうち、微笑がこみ上げていた。私にぜひとも見本を見せたいとばかり、バイクで駆けつけてくださったのだ。とても嬉《うれ》しかった。

肝腎の表紙絵の感想であるが……よくわからなかったのである。申し訳ない。

戯れせんとや

少年の犯罪が続いている。家には同年代の息子がいるので、とても他人事《ひとごと》とは思えない。

もしも、息子がそのような事件を起こしたとしたら、私は小説に没頭するあまり躾《しつけ》をないがしろにした愚かな母親という烙印《らくいん》を押されるだろう。私の作品は机上の空論と化し、ここぞとばかり快哉《かいさい》を叫ぶ人も現れる。世間とはそうしたものである。

新聞やテレビは「なぜ、こんなことに」と、原因ばかりを探りたがる。自制することのできなくなった少年の前では、だれしも無力である。あえて原因というなら親も学校も友達も近所の人も、世の中がすべて原因と私は言いたい。

子供たちは身体を使って遊ぶ機会が少なくなったように思う。空腹をカップラーメンやハンバーガー、清涼飲料水で満たすことも多い。日常に発散すべきエネルギーが奇妙な形で蓄積され、ありうべからざる形で爆発している。

頭のよい少年の犯罪は連鎖の傾向にある。「勉強なんてしなくてもいいんだ」という大人はいなくなった。子供たちは遊ぶことに後ろめたさを感じている。平安時代の『梁塵秘抄《りょうじんひしょう》』という歌謡集の中で、子供は「遊びをせんとや生まれけむ、戯《たわぶ》れせんとや生まれけん」と、うたわれている。牧歌的なその言葉の持つ意味は深い。

後で気がついたのですが、昔は遊女を子供と呼ぶことがありました。そうなると歌の意味が全く違ってくるので恐しい思いです。

コイタさんの犬

コイタさんは亭主の同僚の大工さんである。

昨年の大晦日《おおみそか》にコイタさんの娘さんが病気の犬を拾ってきたという。何もよりによって病気の犬なんぞ拾わなくても。コイタさんは内心で独りごちた。娘さんは犬を置き去りにできなくて家に連れ帰ったのである。

さあ、それから娘さんはコイタさんの奥さんと病気の犬の介抱を必死でしたのだ。しかし、犬の病気は手に余り、ついに獣医師の所に運んで入院することとなった。コイタさんは獣医師に保険はきかないので、いったい、どれほどの入院費を請求されるのかびくびくしていた。犬は必死の看病のかいもなく、とうとういけなくなってしまった。娘さんは犬の亡骸《なきがら》を抱きしめて泣いた。

コイタさんは犬の入院治療費、および埋葬費用に五万円ほどの出費を余儀なくされたという。すでに社会人の娘さんは、その費用を自分が支払うとコイタさんに言ったそうだ。コイタさんはよい娘さんをお持ちだと私は思った。娘さんは病気の犬を置き去りにして良心の呵責《かしやく》に悩むより、五万円の出費を選んだのだ。この選択は人間としてすばらしく貴重であると思う。

コイタさんはその犬のことでぼやいていたけれど、近ごろ、めったに聞くことのできない美談ではある。

実は犬ではなく猫だったと、後でコイタさんに言われました。

自転車

二十年来行きつけの鮨屋《すしや》が近所にある。

客もすべて顔見知りで、その店でたまに近海物の新鮮な刺し身を肴《さかな》にビールを飲み、居合わせた客と埒《らち》もない会話をするのが私の楽しみの一つである。

この店の入り口の傍《そば》に、いつも紺色の自転車が置いてある。鮨屋の店先に自転車が置いてあるのは、さして珍しいことではないのだが、私は、そこに自転車があることで時々、胸がキュンと痛むことがある。

その自転車は高校卒業後、間もなく亡くなった主《あるじ》の長男のものである。発病してから死亡するまで、それこそ、あっという間のでき事だった。告別式の時に長男の好きだったCDが流れていたことを、ふと思い出す。

息子が亡くなっても鮨屋の主の態度に微塵《みじん》も変わりがない。以前と同じように客の馬鹿話に気軽に応じている。男らしさとは、主のこんな態度のことも言うのではないかと私は思っている。

しかし、息子の自転車は相変わらず店先に置いてある。きっと主は自分が生きている限り、その自転車を処分しないだろうと私はひそかに予想している。この予想は恐らく、外れてはいないだろう。

洞爺湖温泉

有珠山《うすざん》の噴火が沈静化したとのことで、お盆すぎに洞爺湖温泉を訪れた。国道から洞爺湖へ入る従来の道路は今も通行止めになっている。このたび噴火した火口は皮肉なことに火山科学館のすぐ近くである。

私の目には民家のすぐ裏手に噴煙が上がっているような感じがした。その迫力たるや並ではない。立ち入り禁止のすぐ傍《そば》まで行って見学したが、目や口に細かい灰が入ってくる。

ホースの水で灰を洗い流している人が何人もいて、商店のガラス戸には「除灰ボランティア御一行様」の張り紙が目につく。除灰という言葉を初めて聞いた。灰の除去を手伝うついでに温泉に入っていく、ということらしい。

商店は半分以上がまだシャッターを下ろしたままである。あの噴煙のエネルギーを思えば、本当の沈静化にはまだまだ相当の時間がかかりそうだ。それでもホテルはぼちぼちと営業を再開していた。温泉は湯量が豊富で、一つのホテルの中に大浴場がいくつもある。

有珠山の恩恵を受けているのは紛れもないけれど、この土地で暮らす人々の苦労をあらためて思った。折しも三宅島での噴火がその日、伝えられた。漬物屋の人が、こっちの噴火は一度だけだったが三宅島の人は大変だろうと同情を寄せたのが印象に残った。

知命

知命《ちめい》とは『論語』の中の「五十にして天命を知る」から来ている言葉であり、すなわち五十歳のことを指す。人間、五十歳にもなればじたばたしても始まらぬ。腹を括《くく》れということのようだ。また、若くはないのだから、そろそろ老い仕度、死に仕度のことも考えなければならない、という孔子の警告とも私は取る。

世の中は高齢化社会に突入し、百歳以上のお年寄りも珍しくなくなった。私の両親も健在で父が八十二歳、母は七十五歳である。彼らの最期をみとってからの己の死であるのだが、世の中はなかなか順番通りにいかないので、どうなることかわからない。人間は呆気《あっけ》なく死ぬものでもあるし、なかなか死なない（死ねない）生きものでもある。

このごろ見事な死を迎えた人をつくづくうらやましいと思うようになった。最近では女流画家の小倉遊亀《おぐらゆき》さんである。彼女は百歳を過ぎてから絵の新境地を開拓され、死ぬ間際まで絵のことを考えていらしたという。全く頭が下がる。永井龍男さんは『身辺すごろく』の中で友人の安楽死には賛成だが、自分に死が訪れた時は苦痛に耐えたい、という意味のことをおっしゃっていらした。こちらも潔い。

こんなことをつらつら考えるのは誕生日が近づいて、また一つ年を取るせいだろうか。

貧者の一灯

知らなかった言葉や諺《ことわざ》はこの年になっても多い。「貧者の一灯」なる言葉は作家永倉万治《ながくらまんじ》さんによって知らされた。

永倉さんの親友であった戸井十月《じゅうがつ》さんがアフリカ大陸横断を計画し、その激励会に永倉さんも出席した。席上、永倉さんは少し覚つかない口調で、いい年してアフリカだ、南米だとうろついている十月は馬鹿だと言い、しかし、その馬鹿を途中でやめるなと檄《げき》を飛ばしたそうだ。この時、永倉さんは「貧者の一灯」だと言って戸井さんに一万円札を渡した。

永倉さんは十一年ほど前に脳溢血で倒れられ、辛いリハビリを克服して作家に復帰した。

私は永倉さんの文庫の解説を一度だけしている。彼のファンであったので依頼を受けた時はうれしかった。最近の永倉さんの活躍は目をみはるものがあった。ファンとして大いに感心していたものである。

しかし、永倉さんは雑誌のグラビア撮影の時に倒れられ、帰らぬ人となってしまった。

「今年もアッという間に一年が終ってしまう。本当に早い。嘘みたいだ。こんな風にして老いぼれて、アッという間に死んでしまうのかと思う。多分、そうなんだろう」（『神様の贈り物』より）

多分、そうなんだろうって、予言してどうなるんだろう。戸井さんは永倉さんからもらった一万円札をお守りにして来年の一月、アフリカへ旅立つ。貧者の一灯とは、真心の尊いたとえである。やっぱり永倉さんは素敵な人だった。

第4章 心の迷走

気になるあの人

筆職人が出て来る小説を書いた時、筆や書のことを少し調べた。榊莫山《さかきばくざん》さんのことは、そのお仕事よりもテレビのCMで豪快にお笑いになっていたのが記憶にあった。

おもしろい爺《じ》っちゃんだった。著作に触れてみると、さらにおもしろい。

「ぼんくらはぼんくらであって碌《ろく》な字を書かないし、気の利いた人間は気の利いた字を書いてゐる」などと、どきりとするようなことを平気でおっしゃる。

『書百話』(毎日新聞社刊)では、古今の文人の書からその人となりを看破《かんぱ》され、やはり書は人柄であると結論づける。芥川龍之介は小説ばかりでなく、書でも絵でも修業次第で一廉《ひとかど》の人物になったであろうことは容易に推察される。吉井勇の祇園での遊蕩《ゆうとう》も、良寛がいんきんたむしに悩んでいたことも初めて知った。

莫山さんのおっしゃるよい字とは、見た目のよしあしではない。いかにも人柄を感じさせる味のある字のことを言う。だから、私から見ると恐ろしく下手糞な字でも莫山さんはすばらしいとおっしゃるし、またその反対にきれいに書かれた草書をつまらないと、おっしゃることもある。つまり、私の見えないことが彼には見えているのである。それが不思議であり、また悔しい。

ワープロでカタカタ原稿を打つ私には毛筆で書く行為は無縁のものである。たまに手紙を書いてもボールペンで、それも字を失念していることが多い。まさに碌な字を書いていないのだ。編集者はうまい字を書く人と下手糞と、はっきり二つに分かれているような気がする。うまい字を書く人には内心で、こいつは今に小説を書こうとしているのではないかと疑念が湧く。編集者出身の作家は存外に多い。うまい字を書く編集者は便箋も封筒も吟味しているようなところがある。

私はスーパーで買った安売りの「開発ホワイト長四号」の封筒にコクヨの便箋だい。

さて、莫山さんがとどめを刺す書家は、やはり空海であった。弘法大師だがね。空海の字に空恐ろしさを感じると、莫山さんは言う。字が睨《にら》むと表現する。高野山にある空海の碑は空という字を拡大して彫ったものだそうだ。その「空」の字は説明されなければ読めない人もいるだろう。迷いのない字である。陋巷《ろうこう》に身をやつす私には窺《うかが》い知れない世界があると思った。

莫山さん、お元気でおられますか。うんといい小説を書いたら、タイトルを揮毫《きごう》して下さいますか？（あかん、という声が聞こえる）

夜中のジョギング

向田邦子さんの作品に『夜中の薔薇《ばら》』というのがあった。あれは野中の薔薇の聞き違いがタイトルになったもの。私の場合は本当に夜中のジョギング。江戸時代の時刻で言えば四《よ》つ（午後十時頃）から始める。もう十年以上も続けているが、さっぱり痩《や》せない。しかし、運動不足の解消、気分転換にはもってこいである。少しぐらいの頭痛もすぐに治まる。

きっかけは走るのが苦手な長男を何とか走らせようとしたことである。長男は少年野球のチームに入ってキャッチャーをしていたが、何しろ鈍足《どんそく》。よその子なら三塁打にもなろうという球でも、長男は一塁にたどり着くのがようやっと。もっと走りなさいよと言ったところで聞きゃあしない。それで当時小学一年生だった次男も誘って一緒に走ることにしたのである。五年生だった長男は最初の内、次男にも負けていた。

しかし、継続は力なりとは本当である。中学生になった頃には、校内マラソン大会で上位の方に喰《く》い込めるまでになった。そのお蔭《かげ》で好きな野球を大学まで続けられたと思う。

これ、ひとえに母の愛あればこそ。

子供は大きくなって手を離れるようになったが、ジョギングの習慣は私に残った。手間も金も掛からないから続けられるのだろう。

夜は危険じゃないかと心配する人もいる。辻斬《つじぎ》り（？）なんぞが現れたら、もちろん、お手上げである。今のところは、たまに犬に吠《ほ》えられる程度。ラジオ体操第一をして足首を回し、アキレス腱《けん》を伸ばしてからゆっくり走り出す。コースは決まっている。

なじみの鮨屋の前を通る時、鮨屋の親父が「奥さん、それって走っているの、歩いているの」と、からかう。うるせッ。

コンビニの親父は「へへ、ご苦労さん。がんばるねえ」だと。愛想笑いすな。

ジョギングで足腰を鍛《きた》えているせいで地方の取材に出てたくさん歩いても筋肉痛に見舞われることがない。十五も若い編集者がイテイテと呻《うめ》いている傍《そば》で私はほくそ笑んでいる。

最近は小説の小道具に使うために般若心経《はんにやしんぎよう》を覚えたので、それを唱えながらジョギングしている。

色即是空《しきそくぜくう》　空即是色《くうそくぜしき》　受想行識亦復如是《じゆそうぎようしきやくぶによぜ》……

そんな私は異様に見えるかも知れない。ところで、なぜ夜中にジョギングしなければならないのだと人は疑問に思うかも知れない。

私にだって見栄はある。人目を憚《はばか》っているのだ。

ダーツの旅

昨年の暮、親戚の結婚式に出席するため三年ぶりに上京した。三年前の上京は「オール讀物」の新人賞をいただいて、その授賞式に出席した時である。ホテル代も飛行機代も出版社持ちで、普通の主婦は、ひどく贅沢《ぜいたく》な気分を味わった。それからボチボチ仕事の依頼が増えて四冊の単行本を上梓《じようし》できた。まことにありがたいと思っている。

ところが担当の編集者はせっせと、はるか私の住んでいる函館に通って下さるというのに、私の方から上京する機会は一向に訪れなかったのだ。まあ、原稿は郵便かファクシミリで送るし、ゲラもその通り。地方作家と東京在住の作家とのハンディはほとんどないだろう。

しかし、私には電話で雑談できる親しい作家はいない。そもそもデビューしてから作家と呼ばれる御仁《ごじん》にはただの一人にもお会いしてはいない。編集者を通して、助言や苦言をいただいたことはある。書評をしていただいた作家にお礼のお手紙を差し上げて、お返事をいただいたこともある。が、それだけで相変わらず私は函館でしこしこと小説を書き続けているだけである。文壇というものは私にとっては依然、理解の及ばない言葉なのだ。

東京に限らず気軽に外に出かけられないのは、家にまだ手の掛かる息子がいるせいもある。

彼にとっては母親が小説なんて書かなくても一向に構わないのだ。直木賞の候補になって、その発表の日の騒ぎは、彼の言葉で言えば「マジでやめてもらいたい」ということになるのだ。

さて、三年ぶりの東京であるが、自由な時間が休日に当たってしまったので編集者を呼び出すことは遠慮した。銀座にも新宿にも行かず、雑色《ぞうしき》という蒲田の近くの商店街で買物したりパチンコしたり、夜は温泉に行っていた。蒲田の温泉は黒湯《くろゆ》と言って、いか墨のような色をしている。

その他は隅田川をぼんやり眺めて来ただけである。川幅が想像していたより狭かったので慌てる。「深川の町並が遠くに霞む」などという表現には気をつけようと思った。

こういう私に行ってみたい場所はないかと問われても、はたと首を傾《かし》げてしまう。違う景色を見せてもらえるならどこだって構わない。そう、違う景色が見たい。それは何もお金を掛けて外国へ行くことではない。

所ジョージさんの番組（『１億人の大質問⁉ 笑ってコラえて！』）の中で「日本列島ダーツの旅」というのがある。日本地図に向けてダーツを放ち、当たった場所に行くのだ。山間の鄙《ひな》びた村や観光化されていない海辺の町が多い。そういう所をてくてくと歩き、土地の人々と言葉を交わす旅は、どれほど心が癒《いや》されるだろうかと思う。おお、決まったね。行ってみたい所は日本地図にダーツを当てた任意の土地である。

ふんどしの彼

私は腹に溜《た》め込むことのできない性格なので、腹の立つことがあれば亭主や周りの人間に喋《しゃべ》り、うっぷんを晴らしてしまうことが多い。文章は残るものなので他人の悪口は言いたくないのだが「腹立ち日記」ということで腹が立った話を二、三する。

一つは編集者から聞いたある女流作家の場合である。彼女は私と同じように地方都市に暮らしながら作家活動をしている。

デビュー当時、彼女は市の教育関係者数人と会食したことがあった。郷土の誇りである、これからもがんばってほしいと励まされたのだろう。会食の後で彼女は二次会に誘われた。

アルコールの入った男達は酔った勢いで彼女にチーク・ダンスを所望したそうだ。そこで断われば偉そうにしてるだの、物分かりが悪いなどと言われそうな気がして彼女はそれに応じたという。しかし、自宅に戻って来た彼女は、どうして自分がチーク・ダンスなどする必要があったのだろうと考えて悔しい思いをしたそうだ。コンパニオン代わりにされた彼女が本当に気の毒で、他人事《ひとごと》ながら腹が立った。

新刊が出た時や何かの文学賞の候補になると新聞社から取材を申し込まれることがある。

最初は応じていたけれど、ある新聞社の若い記者にキレて、以後、他社の取材もすべて断るようになった。その若い記者は私がどんな本を書いたのか読んでみたいので貸してほしいと言って来たのだ。むっとしてストックがないので貸せないと応えた。すると敵は、その本は書店で売られているのかと続けた。あのね、私にもプライドというものがいくらかはある。これが二つ目の腹立ち。

最後は、腹を立てたというより真意がわからない例。

やはり新聞社系の社員である。二度ほど仕事の打ち合わせでお会いした。後でご丁寧《ていねい》に礼状が届く。最初の手紙には写真が添えられていた。仲間と山登りをした時のスナップ写真だった。自分の顔を覚えて貰おうというつもりなのだろう。しかし、その山登りの恰好《かっこう》が妙であった。法被《はっぴ》に褌《ふんどし》、地下足袋《じかたび》なのである。若い男ならともかく、頭に白いものが混じって、おなかの出っ張った男達が三十人ばかり、ずらりと並んで微笑《ほほえ》んでいる景色を想像してみたまえ。結構、気持ちが悪いぞ。

次にそのスナップ写真を葉書にしたものが送られて来た。時候の挨拶《あいさつ》である。この時は山登りした仲間で特に親しい者、五人と写したものであり、以前のものより姿形が大きい。

もはやこれで仕舞いかと思いきや、また同じ写真葉書が届いた。この様子ではまだまだ続きそうである。私が時代小説を書いているから褌姿の男達を見て喜ぶと考えたのだろうか。私はひそかに彼のことを「ふんどし」と渾名《あだな》をつけて溜飲《りゅういん》を下げているが、他の女流作家の方なら悶絶《もんぜつ》ものだろう。

切腹

おおむね、日本の映画は外国物に比べてつまらない。つまらないと思ってきた。若い頃に見た映画はすべて外国物で、その中には、この欄に掲げても十分に用をなしうる作品が幾つもある。しかし、私が曲がりなりにも時代小説の書き手であるので、幾らかでも、この道に通じる作品を紹介したいと考えるのは、丸谷才一氏ふうに言うなら人情の自然である。

「切腹」は映画好きの友人が持って来てくれたビデオの中の一本だった。何の期待もなく見始めて、途中から襟《えり》を正し、最後は感動に咽《むせ》んだという代物《しろもの》である。

これは滝口康彦氏が昭和三十三年にサンデー毎日大衆文芸賞を受賞した「異聞浪人記《いぶんろうにんき》」を映画化したものである（昭和三十七年公開）。

禄《ろく》を失い貧苦に喘《あえ》ぐ浪人達が江戸の巷《ちまた》に溢れていた。

そのような時、大名屋敷に赴《おもむ》いて玄関先で切腹をさせてくれと願い出ることが浪人達の間に流行した。大名屋敷は、そんなことをされては迷惑なので、幾らかの小銭を持たせて追い払う。なに、願い出た浪人も本気で切腹などするつもりはないのである。屋敷からいただく小銭が目当てであった。

津雲半四郎《つぐもはんしろう》は、かつて兵法の達人としてならした男だったが、今は隠居して娘夫婦と孫と一緒に暮らしていた。糟糠《そうこう》の妻はとうの昔に亡くなっていた。女婿《むすめむこ》に家督を譲ったものの、仕える藩は取り潰しとなり、婿は浪人の身であった。娘は内職で家計を支えていたが、ついに無理が祟《たた》って床《とこ》に就《つ》いてしまう。悪いことは重なるもので赤ん坊の孫も高熱を出し、医者に診せたくとも頼りの金はとうに底をついていた。

切羽詰まった婿はついに、とある大名屋敷に赴いて切腹をさせてほしいと願い出る。武士として恥ずべきことではあったが、背に腹は代えられなかった。しかし、相手が悪かった。彦根藩の江戸藩邸だった。

彦根藩の藩祖、井伊直政《いいなおまさ》は徳川家康に仕え、合戦では常に先鋒を務めて多くの軍功をあげて家康の四天王の一人に数えられた。直政の軍は装備を赤一色に統一したため、「赤備《あかぞな》え」と称され、直政は赤鬼と呼ばれた。

津雲半四郎の婿は運がなかったと言うしかないだろう。彦根藩は切腹願望の浪人が跋扈《ばっこ》しているのを十分、承知していた。一度甘い汁を吸わせては次々と同じような輩《やから》が続くことを危惧して、望み通り、切腹なされよと婿に告げる。婿は大層驚いたが、もはや後戻りはできなかった。仕来り通り、切腹の儀式が調《ととの》えられ、婿は切腹するのであるが、この時、屋敷の者はいかにも意地が悪かった。竹光《たけみつ》だった。婿の携える刀で切腹せよと命じたのである。婿の刀はとっくに金に換え、竹光だった。屋敷の者は婿の武士としての誇りをも徹底的に踏みにじったのである。娘も孫も死に、独りぼっちになった津雲は反撃に出た。屋敷の者が婿に銭を与えず切腹させたことを恨んだのではない。竹光と知りつつ、それで腹を切らせたことに怒ったのである。武士の情けはないのか、ということである。

婿の無念、娘と孫の無念を晴らすために津雲は最後の力を振り絞る。しかし、鮮やかな反撃にも胸がすくどころか、ただただ切なさばかりがこみ上げ、私は憤怒《ふんぬ》の涙に咽んだ。

津雲半四郎は仲代達矢氏、婿は石浜朗氏が好演した。監督は小林正樹氏。がつんと胸にこたえる硬質の作品であった。当時、仲代達矢氏は舅《しゅうと》を演じるほどの年ではなかったはずだが、ぴったりと嵌《は》まっていた。この作品は万人向きではないだろう。強《し》いて言うなら日本人にしか理解できない武士の情け、義の物語である。モノクロの画面は、いやが上にも悲愴感をかき立てた。やむにやまれぬ武士の怒りを描いて滝口氏は出色の作家である。これを映画化しようとした監督も脚本家も優れ者と私は言いたい。

このような映画はもうできないのだろうか。

山東京伝と銀座

「銀座百点」さんから銀座をテーマにエッセイをひとつ、とのご依頼を受けて、私はすぐに地図を開いてみた。私の地図とは現在の東京の地図ではなく、文久元年に発行された金鱗堂・尾張屋清七板の古地図の写しである。
銀座、銀座と言うけれど、いったいどこにあるんだべ、と北海道函館に住む私は拡大鏡をかざして銀座を探す。銀座を背景に小説を書いたことがないので、場所をはっきりと確認していない。日本橋の南側じゃないのかと思っていたが、どっこい、そうではなく京橋の南側一帯のことだった。

京橋と言えば、私でも知っていることがある。かつて木戸際に「京伝店《きょうでんだな》」という有名な店があった。言わずと知れた江戸の戯作者《げさくしゃ》・山東《さんとう》京伝の煙草入れの店である。吉原の番頭新造を妻に迎えた京伝は生計のためにその店を構えたのだ。戯作の稿料だけでは食べてゆかれないと思ったからだ。江戸時代随一の作家でさえ、当時はそのような状況であった。京伝は煙草入れだけでなく、白粉や化粧水、自家製の薬なども店に置いた。今の資生堂のようなものだろうか。自分の本の中にさり気なく宣伝文を入れ、近くの湯屋にも広告を出した。京伝はなかなか頭のよい男である。そのお蔭で店は大層繁盛したようだ。京伝の肖像画を見ると、細面で結構な男前である。江戸の水で洗い上げられた粋な風情も感じられる。京伝は野暮を嫌った。

京伝が銀座に店を構えたことに私は少なからず因縁を感じる。江戸前で、粋で、他に媚《こ》びず、しかも並々ならぬプライドがある。

銀座に店を構える老舗は皆、今でもそうしたものがひしひしと感じられる。

さて、私と銀座の関わりと言うと、申しわけないことに、これがさっぱりなのである。

何十年も前に四丁目の交差点で三愛ビルと和光の時計を眺め、三越で何か買ったような気もするが、はっきりとは思い出せない。

北海道から出て来たお上りさんには、通り過ぎる人までがよそよそしく見えた。銀座は田舎者にとってあこがれの場所である。それと同時に畏《おそ》れもある。その畏れとは下手なことを言ってはただでは済まされないというものがなにやら感じられるのだ。

銀座に根を下ろして暮らしている人々にとって、私の思いはいっこうに理解されないことだろうが。

私は江戸を舞台に時代小説を書いているが、どうして地方にいて、そんなに江戸が書けるのかと質問されることが多い。東京に長く住んでいる方から、江戸はこうだったのか、深川はこうだったのかと改めて納得しました、などと言われると、内心で冷汗をかいているのである。知っているものか。私は私の想像した江戸を書いているにすぎない。

それは田舎者が東京にあこがれる裏返しのようなものだと思っている。東京を通り越して江戸まで行ってしまったというだけだ。

多分、東京を知らないから、江戸を知らないから、なおさら思いが募って何気ない風景さえ新鮮に見えるのかもしれない。

三年前に上京したとき泊まったホテルはかつて紀伊国の大名屋敷のあった所である。麹町の地下鉄を降りた所にある出版社の近くには首斬り浅右衛門の屋敷があった。有楽町の旧朝日新聞社は南町奉行所である。

私はそういう見方でしか東京を見ることができない。しかし、東京人はああそうですかと応えるだけである。その顔にはいささかの興味があるとも思えない。もったいない話である。

時間があればこころゆくまで東京の街を徘徊したい。もちろん銀座にも行きたい。

私は買い物好きである。辺り構わず気に入った店に飛び込み、お得な品物を買いたいと思っている。銀座にもバーゲンがあるのだろうか。

私は自称バーゲンの達人である。こういうことを言うから東京人の失笑を買うのだろう。

そして買い物に疲れたら、老舗のバーに行ってカクテルが飲みたい。正式のバーテンダーが作る極上のカクテルを試してみたいのだ。なにしろ、近ごろはスナックなどに行ってもカクテル一つ作れないバーテンがごろごろいる時代である。せめて天下の銀座だけはそのようなことがないことを切に願っている。

折しも、TVで銀座特集が放映されていた。店先に腕組みをして立ち睨みをきかせている靴屋の主人、ビルの屋上で、かつてのシンボルであった柳の木を育てている男性、軽トラックの魚屋から二人分の刺身を買う初老の夫婦、そして「金春湯《こんぱる》」。

それらは、華やかな銀座のイメージとは違う庶民の表情でもあった。

わが函館は北海道の玄関口にあり、観光都市を謳い文句にしている。近年ウォーターフロントの開発が進み、そこに並んでいた古い煉瓦の倉庫は洒落たレストランに変身した。

どこでもお馴染みの地ビールも出回っている。いかソーメンを食べて、いかすみソフト（いかすみの入ったソフトクリーム）を頰張り、蟹や鮭やイクラをお買い上げいただき、皆さんお帰りになる。

しかしながら、さりながら函館の経済はまことに心許ない。北海道拓殖銀行がこけて、大きな商店も軒並み閉店をしている。人口も減少する一方なのだ。かつての繁華街は夜ともなれば、まるでゴーストタウンと化している。

静かですね、と訪れた編集者が言うのを褒め言葉として受け取ることができない。覇気が、もっとほしい街である。

こういう街に住んでいるから、なおさら東京への思いは募る。何でもある街、何でもできる街、一流の品々、一流の人々。そして銀座はその中でも東京が凝縮しているような所だと思う。不思議に私は銀座に江戸を意識する。それは江戸時代から連綿と続いている人々の心意気があるからではないのだろうか。

京伝は今日の銀座の発展をおそらく想像できなかっただろう。しかし、彼は百年の後の人々のために当時の風俗をこと細かく記述して残している。京伝の感覚では百年後が想像できる精一杯の時間だったのだ。銀座は京伝が亡くなってから百八十年の年月を今も生き続けている。

旅の効能

三月、四月は出会いと別れの季節である。公務員なら定年を迎える方も多い。長年勤務し、多くのストレスもあったことだろう。

さまざまな縛《しば》りから解き放たれて、本来は自由を感じていいはずが仕事人間の悲しさでどうも落ち着かず、一日が無為に過ぎてしまう。

真面目な性格の人ならなおさらである。家庭では一日家にいるお父さんに、お母さんはうんざりだ。三度三度の食事の仕度だけでも大変なのだ。かと言って、適当に自分でなにかつくって食べるようなお父さんではないし、散歩のついでに「蕎麦《そば》でもたぐるから、昼飯はいいよ」と気の利いたことも言えない。

なにしろ、収入の道が絶たれたのだから、これからはできるだけ切り詰めて生活しなければならないとお父さんは考えている。

お父さんが家にいるだけで経費が今までより掛かってしまう。細かいことを言うと水道代（トイレを使う頻度が増えるため）、トイレットペーパー代、電気代、食費が増える。

おまけにお母さんのストレスも溜まる。

このような生活の変化に慣れるためには半年ほど時間を要するかもしれない。熟年離婚が囁かれる昨今だが、今さらお父さんと別れるお母さんはあまりいないと思う。

問題は余生の時間の使い方である。やはり二人で行動することが望ましい。その一つが旅行である。

お父さんと旅行するより友達や娘と旅行する方が楽しいと思う方も多いだろうが、ここは我慢してお父さんにつき合ってほしい。長年、家族のために働いて来たのだからご褒美《ほうび》があってもいいと思う。

シーズンオフの国内旅行ならびっくりするほど安い。私は二泊三日で一人五万円ほどの九州旅行に参加したことがある。もちろんツアーである。ツアーは行程が厳しいと敬遠される方も多いが、まともに飛行機代とホテル代を払っていたら、とんでもない金額になる。

知らない人間と旅をする。一日目は皆、緊張しているが、二日目以降は和気藹々《あいあい》の雰囲気になる。そして最後は親戚と別れるような気持ちになる。また、いつかどこかで。

またいつかの機会はなかなか巡ってこない。

まさに一期一会《いちごいちえ》の世界だ。

旅はまた不自由さを味わうためにするものかもしれない。家にいるのが一番落ち着くのは当たり前である。食事も何となくもの足りないか、多過ぎて胸焼けがする。ほどよい食事にはなかなかありつけない。それでも皆、文句も言わずに食べている。

名所は石段がつきものだ。寺の三カ所も廻れば四、五百段の石段を上る羽目となる。

年を取ってから旅行しようなどと思っていたら大きな間違いである。足腰が達者な内が華なのだ。

新聞の投稿欄でお父さんに再三、四国旅行に誘われていたお母さんがいた。お母さんは四国に興味がなかったので「一人で行ったら？」と邪険《じゃけん》に応えていた。お父さんはお母さんと四国へ行きたかったのだ。寂しそうなお父さんに、お母さんも、つい仏心《ほとけごころ》が起きて、一大決心で旅行の申し込みをした。

四国が近づくと飛行機の窓からお父さんは眼下の景色に見入った。その表情はまるで子供のようだった。そんなに一緒に四国へ行きたかったのかと思ったら、お母さんは胸が熱くなったという。旅はお母さんが想像していたより、はるかに快適で、お母さんはすっかり虜《とりこ》になってしまった。

「お父さん、次はどこへ行く？」

今ではお母さんの方から催促するらしい。

このご夫婦はいい関係のまま、今後も過ごせるだろうと思った。

このように旅は人間に計り知れない効用をもたらす。旅のために日々の暮らしを切り詰めるのなら、ちっとも苦痛ではない。

添乗員もバスの運転手もガイドも、それはそれは一生懸命である。客の快適な旅を願ってやまない。だから、客もルールを守る。時間に遅れないこと、体調を整えること、迷惑行為を慎むの三点だ。

昨年の秋の紅葉ツアーはすばらしかった。三泊四日の行程で、かなりの強行軍だった。

朝の出発時間が七時半で、朝食を摂《と》る食堂が七時開店という場合もあった。それでも客は文句一つ言わなかった。おかげで渋滞に巻き込まれることもなく、予定どおりに行程を終えた。

添乗員はこんなに予定どおりに進んだ旅も珍しいと言ったが、それはまんざらお世辞でもなかっただろう。終わってみれば、まさに運動部の合宿のようなすさまじさだった。退屈する暇もなかった。上った石段は数え切れない。最後は健脚を誇る私でも備えつけの竹杖《たけづえ》の世話になった。

私は亭主の仕事が暇になる時期を選んで年に二度ほど国内を旅行している。中に小説の取材を兼ねている場所が一カ所はある。転んでもただでは起きない性格なのだ。だから、海外旅行とは無縁である。一度も海外に行ったことがないと言えば周りは驚く。いずれ機会があればとは考えているのだが、なかなか腰が上がらない。パスポートの取り方も知らない。

バスの窓から外の景色を眺めるのが好きだ。

日本はいいと、しみじみ思う。こんもりした木立の上にある稲荷の社《やしろ》、道端の赤いべろ掛けをした地蔵、稲刈りを終えた田圃、山の稜線、自転車で通学する高校生の顔、かつてあった村が沈んでいるダム、長いトンネル、茅葺《かやぶ》きの民家、城、キンチョールの古い看板、開店休業のような商店。過ぎて行く景色は今まで生きてきた人生そのものにも感じられる。身体が動く内はできるだけたくさんの土地に旅をしたい。

紅葉ツアーで撮影した写真には燃えるような赤のもみじが写っていた。緑の苔の上に落ち葉となったそれも。拾って集めた落ち葉は押し花にして、旅行のパンフレットとともに保管している。さて、春の季節を迎え、またぞろ旅心は掻き立てられるけど、お楽しみはとり敢《あ》えず、新聞小説のノルマをこなすまでお預けである。

寒い北海道の人間は暖かい南国がお気に入りだ。石垣島、西表島の魅力には抗し切れない。天橋立も未見だ。

待っててね、日本。今に行くからね、と胸で呟《つぶや》いている。

平和の定義

この度のアメリカのテロ事件で人々は俄《にわか》に戦争のことを考えるようになったが、何をいまさらと私は内心で思っている。

いつの時代もどこかで戦争が起きていた。

私は戦後生まれなので日本の戦争のことは知らないが、多感な青春時代にはベトナム戦争が真っ最中だった。フォーク歌手は盛んに反戦歌を歌って戦争反対を唱《とな》えていた。

うんざりするほど長い時間が経過して、ようやくベトナム戦争が終息したと思ったらアメリカ軍がばら撒《ま》いた枯葉剤《かれはざい》の影響でベトナムでは障害のある子供がわんさと生まれた。

戦場の最前線で活躍していた兵士は帰還してから心因性疾患に苦しんだ。アメリカはこれほど戦争の弊害を知っているというのに、目には目を、歯には歯をとばかり、またしても戦争に突入してしまった。

アメリカの顔色を窺(うかが)う日本はその尻馬に乗って支援するという。洩(も)れ聞くところによると、アメリカは日本の軍事力など、はなっからあてにしていないそうである。

ニュースで見た時も、ブッシュ大統領はイギリスのブレア首相と手を組んでタリバン政権を倒すと息巻いていた。どこに日本の出る幕があろうか。

せめて日本は静観の立場を取れなかったものかと心底思う。

私は曲がりなりにも母親であるから、曲がりなりにも小説家であるから、この戦争を無理もないとは口が裂けても言えないのである。

きっとベトナム戦争の二の舞であろう。いや、事態はもっと深刻な結果になる恐れがある。私が一つ学習したのは、戦争の起きるきっかけというものを知ったことだった。

歴史上、戦争は数々あれど、さてその具体的なきっかけに思いが及ばないところがあった。

今回でようくわかった。戦争は国と国とが一致団結して突入するものではない。それは一人の人間の（極めて行動力と指導力がある）狂気な発想から生まれるものである。もっと言うならこの度の戦争は頭に白いターバンを巻いたおっさんと、親の跡を継いで大統領の椅子を確保したばかりの、血の気の多いおっさんのタイトルマッチであるのだ。

二人の主張は相容《あいい》れない。どちらかが倒れるまで銃撃戦は続く。大国アメリカはよもや負けるとは露ほども考えない。迎え撃つアフガン側は、それなら奥の手を使うのだとばかり炭疽菌なるものをばら撒き始めた。

卑劣でおぞましい。紛れもなくこれが戦争の正体である。

さて、戦争があるから平和という言葉が語られるのであるが、本来はセットで語るべき筋のものではない。平和は国が続く限り約束されて当たり前のものである。

わが国の平和とは何であろう。ブランドバッグに安物の服を着た娘達が往来を闊歩《かっぽ》することか、不倫が恋愛のテーマとなることか、はたまた、エステの後で仲間とランチに集《つど》う小金持ちの中年女をそここに見かけることか。

真の平和とは人々が働き、給料を得、子供に教育を与え、食べる物に事欠かず、住む町の治安が維持され、ゆりかごから墓場まで安全に暮らせることである。ごく基本的なものだが、それが今や危うくなっている。

わが身に置き換えれば、読者が小説を読める環境がずっと維持されるのだろうかということである。いざとなったら、呑気に小説など読んではいられないだろう。小説の力とは何と無力なものであろうか。

戦争が終わり、軍隊に召集されていた作家がようやく妻子のもとに戻った時の文章を読んだことがある。知らせを受けて妻子が作家を迎えに来た。土手の向こうからやって来る妻の顔が嬉しそうだった。子供の顔も輝いていた。作家は妻に小説で遣うような言葉を掛けたかったという。いかにも今戻ったのだと実感させるドラマチックな小説の言葉を。しかし、作家はそうすることがどうしてもできなかった。小説はあくまでも小説である。本当の家族の平和が訪れた瞬間には言葉は無用のものなのだ。笑顔だけで十分なのである。子供や妻が笑顔で暮らせない国は、だから平和ではないとも言える。

先頃物故された時代小説家の大御所、山田風太郎氏は最後のエッセイで天下泰平は長く続かないような気がするとおっしゃられていた。大作家は死の間際になって日本の平和に危機感を覚えられたのだろうか。ふっと嫌な気がしている。

ニューヨークでは未だに消防団員達がテロの後始末のために現場に詰めている。大きなテントが張られ、その中でボランティアの人々が消防団員達のために食事作りをしていた。

その中には女優のミア・ファローもいた。私はそれを朝の「世界のトップ・ニュース」（NHK衛星第一）で知った。アメリカがすばらしいと思えるのはこういう時である。

また、ニューヨークのために何かしたいという思いでボランティアに参加した主婦もいた。

「ニューヨークが好きだから。だって、この街は主人と恋に落ちた所ですもの」と。

恋に落ちるという言葉が悲惨な現場で不思議なほど艶《つや》めいて聞こえた。なぜか私は泣けていた。

要領なんて

要領がいいとはどういうことだろうか。試しに辞書を引いてみる。要領そのものには事柄の要点とか、コツといった意味があるが、要領がいいと続くと、物事をうまく処理する能力があるということになる。

しかし、要領がいいは、概《おおむ》ね、褒《ほ》め言葉よりも、やっかみのニュアンスが入っているような気がする。女性の場合は、同じ立場なのに自分だけ損な役回りをしていると感じる時に他方の女性に対して、この言葉が多く発せられるようだ。

　会社に勤務していれば、不意の残業、来訪者へのお茶出し、上司のプライベートな頼まれ事などもあるだろう。不思議にそれ等をうまく躱《かわ》す者がいる。

「本当にごめんなさい」と、殊勝《しゅしょう》らしい顔つきで謝られると、それ以上、強く言えないものだ。だが、後で段々、腹が立ってくる。どうして私ばかりこうなのよ、と自分自身の不甲斐《ふがい》なさを嘆く。それでつい、給湯室の片隅で同僚に愚痴《ぐち》をこぼしたりする。その時の台詞《せりふ》が、ずばり、あの人は要領がいいのよ、なのだ。

　だが、その程度の要領がいい人なら、世の中にごまんといて、それを取り上げてうんぬんしたところでおもしろくも何ともない。

　問題は生き方においての要領がいい悪いであろう。この世は要領がいい人より悪い人のほうが絶対的に多いのではないだろうか。ただし、要領のいい人が必ずしも人生の成功者になるとは限らない。

　勉強もスポーツもぱっとせず、どうしようもないと思われていた人が、後年、社会的に優れた地位を得ることがある。またその反対に末は博士か大臣かと言われた人が、案外、平凡なサラリーマンで終わることもあるから、世の中はわからない。

　私自身は、要領のいい人より、悪い人に目がいく。私の小説の登場人物は要領の悪い人のオンパレードである。損な役回りをしている者にこそ愛《いと》しさが募《つの》る。まあ、私も要領よく今まで生きてきたとはとても言えない。ぐずぐずと道草を喰《く》い、ようやく小説を書くことが己れの道と気づいた時は三十の半ばだった。

何でもよいからライターの仕事をしたいと思っても、地方都市に住む私にその機会はなかった。結局、出版社の小説新人賞に応募するしか道はなかった。ようやくその一つに引っ掛かり、デビューを果たした時は四十五。

もう、遅すぎる新人である。よくも諦《あきら》めなかったものだと半ば自分に感心し、半ば呆《あき》れてもいる。こんな私が、すいすい調子よく世間を渡る人間に同調できないのも道理なのだ。

Kさんは私が会社勤めをしていた頃、三年ほど後に新入社員としてやって来た女性だった。Kさんは総務部に配属された。

Kさんは、化粧も髪型も服装も地味で、いかにも真面目という感じがした。

Kさんは最初の印象どおり、真面目に仕事に励んでいたが、日が経《た》つ内に、どうも不器用ぶりが際立《きわだ》って見えるようになった。

そう、Kさんは要領が悪いを通り越して不器用だった。もっと言うならドジだった。

会社の椅子はスチール製で、下に車がついている。椅子から立ち上がる時、その車は動作をスムーズにさせる効果がある。

Kさんは椅子がおもしろかった訳でもないだろうが、椅子を器用に操って書類棚から必要な書類を出したりしていた。背中合わせで仕事をしている同僚に何か訊《たず》ねる時も、スーッと椅子を後ろに引いて同僚の傍《そば》に近づいていた。まあそれは、社内ではよく見かける光景であろう。だが、Kさんは違った。

ある日、Kさんはいつものように椅子に座ったまま。後ろの同僚の机に移動した。Kさんが座っている位置から同僚までの距離は、一メートルほどだったろうか。その時、どうした訳か、椅子の車が失速した。バランスを失ってKさんは椅子ごと後ろに引っ繰り返ってしまった。足の形が逆ハの字になったと同僚の社員は苦笑混じりに語った。

私は笑いを堪《こら》えるのが大変だった。

以後、私はそれとなくKさんの行動に注目するようになった。内心では何かおもしろいことをやってくれないだろうかと心待ちしていた。私も相当に人の悪い女だ。

あれは会社のレクリエーションで、郊外のスケート場に行った時のことだ。Kさんは氷上に立つと、いきなり前のめりになった。Kさんはスケートが初めてだったらしい。両足は開脚状態である。氷上で開脚屈伸運動をしても始まらない。

「ちょっと、何やってんのよ」

見かねて私はKさんの赤いジャンパーの襟《えり》を摑《つか》んで持ち上げた。Kさんは必死の形相で立ち上がったが、ジャンパーの裾がめくれ、黒いスラックスから、肌色のシャツがはみ出てしまった。それだけなら大したことでもないが、私は、ふとKさんのスラックスのベルト通しにピンク色したものがくっついているのに気がついた。クリーニング屋の目印テープだった。Kさんは、うっかりそれを取らずにスラックスを穿《は》いていたのだ。いくら何でも、ここまでくるといらいらする。私は憮然《ぶぜん》としてテープを引きちぎったが、周りにいた連中は爆笑した。Kさんは恥ずかしさに顔を真っ赤にしていた。

要領が悪い人というと、私はKさんを思い出す。私が感じる要領の悪さとはその程度で、全体的には罪のないものである。

本来、人間とはそれほど器用に立ち回れるものではないだろう。ああしたらよかった、こうもすればよかったと後悔の連続である。

そうした後悔が学習されて、より慎重な行動を取れるようになる。それが大人になることでもあろう。

目先の利に捉われて要領がいい悪いを判断するべきではない。本当に要領のいい人とは先見の明《めい》がある人のことだ。そのために常に勉強し、世の中の動向を把握し、適切な行動が取れるよう自分を訓練している人だ。そういう者が人より先を行くのは、考えてみたら至極当たり前の話なのだ。

残業を押しつけられて膨《ふく》れっ面《つら》している程度の人間に要領がいい悪いを語る資格はない。

結論として、要領が悪くても一向に構わないと私は考える。長い人生だ。たくさん試行錯誤したらいいと思う。

Kさんは今、どうしているだろうか。誰かと結婚できただろうか。幸せにしているだろうか。相変わらずドジなことをして人に笑われているのだろうか。行動はドジだが、Kさんの言葉遣いは折り目正しく上品だった。

息子の嫁になる人はKさんのような女性だったらいいと思う。笑って小言が言えるから。

目から鼻に抜けるようなタイプの女性は、つくづくいやだ。

ともあれ生き方の問題

最近、本屋の店頭には短期間で自分の生活（性格）をすっぱり変えるというハウツー本が目につく。注意して見ると、年配向きの雑誌にも四十代からの生き方、五十代からの生き方、さらには六十代からの生き方を問う特集がある。平均寿命が年々長くなっているので、周りの男性は会社を定年になっても就職活動して第二の職場へ向かっている。退職金なんてその気になって遣《つか》っていたら五年ほどでなくなる金額だし、年金はお話にならないほど安い。呑気《のんき》に隠居暮らしもできない世の中だ。加えて、子供に手が掛からなくなったと思えば、高齢の親が病《やまい》に倒れ、介護の問題が発生する。全く、生きていることは苦労がつきまとうものだ。生き方もへったくれもありはしない。

憂鬱《ゆううつ》な気持ちを少しでも軽くしたいと思い、試しにくだんのハウツー本を一冊買ってみた。

いやいや、たまげた。面倒なことはすべてやめる、とある。テレビも電気もつけっ放し、掃除もしない。やる時は土日を掛けていっきにやる。ゴミ袋の七つ、八つを捨てるのは快感（快感か？）。パジャマはやめてジャージーにする。寝る時もそれ、起きてもその恰好《かっこう》。

新聞やめる、時計を持たない。たまには寝たいだけ寝る。そうすれば気持ちは楽になると。そりゃ楽でしょうが、それは生き方を変えるのではなく、単なるものぐさの勧めだ。

私は小説を書く仕事をしているが徹夜はしない（できない）。朝はとりあえず、掃除と洗濯をし、午後にはスーパーへ行って夕食の買い物をする。トイレは汚れていると思ったら、即、掃除。ゴミは溜めない。そうした心掛けで家の中は最低限の秩序が保たれるのだ。

生きるということは、そうした雑多な生活のあれこれをこなし、冠婚葬祭の義理を果たし、人に不快を与えない程度に身ぎれいに暮らすことに尽きる。だから私は小説が人生のすべてだなどと、とても言えない。小説を書くことは生活の付帯情況に過ぎないと思っている。

「冬のソナタ」考

ひと昔前の韓国は、日本人観光客にとって男性天国だった。韓国へ団体旅行する夫に対し、妻はある種の覚悟を強いられた。いわゆる買春である。韓国旅行から戻った夫を飛行場へ出迎えに行き、頰がげっそりこけた夫を見て離婚を決意したという女性を知っている。男はそれほどやりたいものかと考えたら嫌気が差したという。彼女の気持ちは痛いほどよくわかった。マスコミが不謹慎な旅行を非難する風潮になって、表向き、品の悪さは鳴りを鎮《しず》めたように思えるが、本当のところはどうだろうか。

今の韓国は女性達にも人気のスポットで、本場の焼肉やキムチを堪能《たんのう》し、エステで日頃の疲れを癒《いや》す。日本から短時間で移動できるので、韓国人も日本へ観光に訪れる。九州の温泉地でそんな韓国の女性達と出くわしたことがある。日本人かと思って気軽に声を掛けたら、これが違ったのだ。

人なつっこい表情をしていたので、会話ができたらどれほど楽しかっただろうと悔しい思いをした。

ハングルは不思議だ。意味はちっともわからないのに、何となくわかったような気になる。それもそのはず、日本語と共通する言葉も少なくない。日本人は確かに大陸から渡って来た民族なのだと納得できる。

韓国は日本のすぐ隣りの国でもあるし、これからの日本人はもっと韓国語を（中国語も）覚えるべきではないかと思っていた。

そこへ昨年の「冬のソナタ」の大ブレークで韓国は一挙に注目される国となった。洩《も》れ聞くところによれば四十代、五十代、六十代の女性に「冬のソナタ」のファンが多いという。家族のために朝から晩まで働いてきた主婦が、恋愛ドラマに魅了されたらしい。

農家の主婦が趣味は何かと問われ、「今はぺだね」と応えているのをテレビで見た。ぺとは、「冬のソナタ」の主人公、ペ・ヨンジュンのことである。ファンはヨン様と奉《たてまつ》る。女性週刊誌に彼の記事が載らない号はないほどの人気である。それほどまでにファンの心を捉えた「冬のソナタ」とは、いかなるドラマであろうか。

しかし、同業の作家達から「冬のソナタ」の話題が出ることはほとんどなかった。

話題にするほどの代物ではないということなのか、それとも単なる嫉妬か、よくわからない。

私も人が騒ぎ立てるものに昔から背を向ける癖《くせ》があったので、敢えてその話題は避けていたふしがある。「冬のソナタ」だけでなく、ベストセラーの作品なども、ふんと鼻でせせら笑っていた。ベストセラーの作品は、普段は小説など読まない人間が買うからベストセラーになるのであって、当たり前に考えたら、単行本などは一万部も売れたら立派というべきであろう。まあ、私の作品がベストセラーになることは皆無なので、大きな口が叩けるのであるが。

それはともかく、私がブームの時に「冬のソナタ」を鑑賞しなかったのは、人と同じように騒ぎたくないという理由もあったが、内心で、もしもはまってしまったらどうしようという恐れのためだった。

小説家たるもの、たかが一介の恋愛ドラマにうつつを抜かしては立つ瀬も浮かぶ瀬もない。私はもっと胸の中にドラマを抱えているはずだと自分を叱咤《しった》激励《げきれい》していた。そう、私は、実は小心者なのである。また、のめり込み易《やす》い性質でもある。

昨年の暮、年末進行の仕事も一段落したので、夕食の後片づけもせずに茶の間でだらだらしていた。亭主は午後の九時を回ると、おとなしく寝間に引き上げる。二人の息子も家から離れて住んでいる。亭主が寝間に入ると完全に独りになる。何も考えずぼんやりしているのが私は好きだ。そんな時、テレビから哀切なメロディーが流れてきた。泣くがごとく、訴えるがごとくのメロディーは「最初から今まで」という「冬のソナタ」のテーマ曲だった。

「冬のソナタ」(完全版)の再放送だった。

それから二時間、私は恥ずかしながら、のめり込むように見てしまった。いや、最終回まで毎夜、欠かさず見た。

そのドラマから今の韓国が何となくわかるような気がした。人々は日本に追いつけ、追い越せとばかり、生活水準を上げることに努力してきた。韓国の若者にとっての夢は、自転車で工場通いをすることではなく、クリエーティブな職業(ファッションデザイナー、インテリアデザイナー、放送関係、たまさか獣医)に就《つ》き、そこそこの収入を得、流行のファッションに身を包み、車を持ち、立派な家を持つことである。それは日本の若者も同じであろう。だが、恋愛観となると、大きな差があると言わねばならないか。

婚約した恋人同士でも相手の家に泊まったりはしない。何かしらの節度が守られている。

濡れ場など皆無だ。せいぜい、小鳥のようなキスを交わすだけ。言わば純愛路線だ。

女性達のおおかたは純愛を好む。ところが周りにいる男性達は直情的に過ぎる。だから女性達は「冬のソナタ」に満たされない思いを託したのかも知れない。愛することは（いやあ、何十年ぶりに遣った修辞だ）、何にもまして強い。どのような弊害《へいがい》も乗り越え、多くの犠牲を払ってもその人を得たいと願う心だ。私もとんと忘れていた感情だ。そうか、日本の女性達は純粋な恋愛物語を好むのかと思い知った。それに気づいただけでも一見の価値はあった。

男性達は韓流ブームに眉をひそめる。世も末だと嘆く。私は、そうは思わない。子育てと家事に明け暮れた女性達が、ふと胸に灯《ひ》をともしたのだ。それを誰が非難できようか。「冬のソナタ」に夢中になって更年期障害の不快さをいっきに解消した女性もいる。

きれい過ぎる歯並びを持った男が日本の中年女性達の女性ホルモンを活発にする役割を果たしたのだ。大いに喜ぶべき現象である。寝室の壁にヨン様のポスターを貼り、眠る前のつかの間、うっとりとその笑顔を見つめ、それから安心して眠りに就くなんてほほえましいではないか。それを苦々しいと思うならば「冬のソナタ」

に負けないドラマを日本で作るべきである。

個人的な感想を言えば「冬のソナタ」には偶然のでき事が多過ぎる。不自然な場面も多い。死んだと思っていたチュンサンという男性が十年後、かつての恋人ユジンの前に現れる。チュンサンはミニョンという名に変わっていたので、ユジンは最初、よく似た別人だと思った。テレビを見ている私もそう思った。

世の中には自分とよく似ている人間が三人いるということだから、それもあり得る。

十年も時間が過ぎれば、お互い、別の恋人もできる。ユジンはサンヒョクという放送関係の仕事をしている男性と婚約していた。

過去を断ち切れないユジンはチュンサンの面影をミニョンに求め、それがサンヒョクを苦しめる。このサンヒョクのユジンに対する感情は愛情を通り越して執着《しゅうちゃく》に近く、私には少し気味悪かった。腹が立ったのはサンヒョクの母親である。息子の出生の秘密を知られたくないばかりに、最初の事故でチュンサンが記憶を失った時、催眠療法で新たな記憶を息子に植え替えた（できるのか、そんなこと）という。かなり勝手な母親である。

ピアニストの母親はアメリカから帰国し、飛行場で携帯電話を掛ける場面があった。その時、母親のミヒは「チュンサンは元気？」と訊《き》いている。ここでテレビを見ている者はチュンサンは生きていて、それはミニョンだということを納得するのだが、ミヒが電話を掛けた相手は誰なのか、とうとう私にはわからなかった。仕舞いにはユジンに、チュンサンと兄妹だとまで言う。結果的には恋敵のサンヒョクの父親が実の父親とわかるお粗末。このシチュエーションは日本のドラマでは絶対できないものだ。それでも日本女性の心を魅了したのだから、世の中、何が起こるかわからない。

ユジンは自分の意見をあまりはっきりと言わない。それが優しさと奥ゆかしさにもなっているが、少々、優柔不断だ。またサンヒョクがユジンのことを考えて仕事も手につかないことがあっても、周りの人間は暖かく見守っている。これが日本なら「女のことばかり考えてんじゃねェ、仕事しろ」と、一喝《いっかつ》されるというものだ。

両親が恋愛問題に口を挟むのもお国柄だろう。このドラマの中で唯一同調できる人間はサンヒョクの母親である。彼女の一挙手一投足に同じ母親として肯《うなず》いていた。他の男に懸想《けそう》している者を嫁とは認めたくない。もっともである。それから、このドラマでは、食事の場面も多かった。

こうして考えると「冬のソナタ」は日本の、ひと昔前の恋愛ドラマなのだと気がつく。

その当時、年頃だった女性達がここへきて、忘れかけていたものを思い出したのだ。日本でもここ数年の間にヒットを飛ばした恋愛ドラマが幾つかある。だがそれらは「冬のソナタ」と比べたら、クール過ぎた。恋に恋する感じで、それは結婚に帰着するものではなかった。

だが「冬のソナタ」は初恋の男性を一途《いちず》に思い続ける女性の話だ。その清潔な姿勢が多くの女性達の共感を呼んだのだろう。ユジンのような女性は今の日本にいるのだろうか。

絶対とは言わないまでも、その数は少ないだろう。多くはブランド物のバッグを持ち、ダイエットと美容が最大の関心事で、結婚相手は何より年収が多いことだ。貧乏して苦労するなんて、まっぴらごめん、という顔をしている。おばさん（私を含めて）達は何も言えない。

本当に好きな相手ならば貧乏も苦労も乗り越えられるもの、とお説教しても聞く耳など持たないだろう。貧乏も苦労もいやだから若い女性達に結婚しない者が増えている。結婚しても子供を望まないカップルが多い。

意識の改革をどこで行なえばよいのだろうか。私はそのために小説を書いているところがあるのだが、言葉はやはり伝わり難《にく》いものだ。第一、私の作品を最初に読む編集者からして独身が多い。最高学府を卒業し、一流と呼ばれる会社に就職したのに、今度は高い給料が仇《あだ》となって独身生活を謳歌《おうか》する者ばかりだ。そういう者に、駄目とわかっていても小言を言わずにはいられない。

「君のお母さんは大学に合格した時、さぞ鼻が高かっただろう。就職が決まった時もそうだ。日本中に知れ渡っている出版社だ。しかるに今のていたらく。四十を前にして何をぼやぼやしている。これでいいのか！」

だが、いつも照れ笑いでごまかされてしまう。業《ごう》を煮やして、結婚したならご祝儀に一本書いてもいい、と断言しても容易に言うことは聞いてくれない。それどころか、この数年は結婚の話よりも離婚の話が多い始末だ。

それこそ世も末である。

「冬のソナタ」では果物が出る場面も多かった。地物らしいリンゴやブドウなど。そう言えば、リンゴを食べる機会が少ないなあと気づいた。ユジンは「朝のリンゴは身体にいいのよ」と優しく笑っていた。

甘酢っぱいリンゴの食感は、このドラマを象徴しているような気がする。外国から輸入される果物も珍しくないご時世である。甘みの強さばかりがもてはやされる。

シンプルなリンゴの味を思い出した時、そこから何か始まりそうな予感がするのだが、それは恐らく、私の勝手な思い込みだろう。

桜の生命力

三月の下旬に上京した時、東京は桜の季節を迎えていた。千鳥ヶ淵の桜は、ほぼ満開だった。赤坂付近の桜並木もライトアップされて美しかった。そればかりでなく、あちこちに薄紅色の花が目につき、改めて東京は桜の多い土地であったと実感した。

桜ほど全国津々浦々で咲き、人々に愛される樹木も他にはないだろう。桜前線はこれからゆっくりと北上する。

北海道・函館の桜は、ちょうどゴールデンウイークが見ごろである。家の近くの小学校に咲く桜とNHK函館支局の前庭にある桜が私のお気に入りである。

日本人は古来、桜に人生のはかなさを重ねて考えてきたが、私はそう思わない。桜は、むしろ強靱《きょうじん》でしたたかな樹だ。

そうでなければ極寒の北の冬を越すことなど不可能だ。冬の間、吹雪に晒《さら》されることの多い別海町《べっかいちょう》の丘にも桜の古木がある。氷点下三十度の厳しい気温にも耐えている。とっくに枯れているように見えるが、春になれば、ちらほら花をつける。その姿は実にけなげだ。いや、これは実際に見たのではなく、テレビのドキュメンタリー番組のひとこまだった。

同じようにけなげさを感じる桜が函館の五稜郭《ごりょうかく》公園にもある。濠《ほり》に架かる橋を渡り、博物館に向かう曲がり角の辺りに植わっている桜だ。すっかり朽ち果て、幹は黒ずんでウロが目立つ。それでも花時には幾つか花をつける。その姿を眼にすると、けなげさに胸が塞《ふさ》がる。けれど、けなげと感じるのは、こちらの勝手な思いで、桜の生命力は人間の想像力をはるかに超えるものだろう。恐らく、私が死んでも、その桜は生き続けるはずだ。

「雷桜」というタイトルの小説を書いたことがある。銀杏《いちょう》の樹に雷が落ちて幹が折れ、その折れた部分に桜の種子がついて花を咲かせるようになったものだ。だから下は銀杏で上は桜という奇妙な樹である。「雷桜」は私の造語だが、実際に存在するものらしい。主人公の数奇な運命をその樹に重ねて書いたつもりである。

デジカメで撮った東京の夜桜は金色がかって見える。近くで外国人の若い娘が着物姿で花見気分に浸っていた。日本のお花見も国際色豊かになったものだ。ついでに桜の下で大口開けて笑っていた私も国籍不明の異邦人に見えたかも知れない。

命の食事

私は短大の家政科出身で栄養士の免許を持っているが、今ではそれも無用の資格となってしまった。しかし、在学中に食事の栄養価、調理法などを学んだことは日常生活に少なからず役立っていると思う。

江戸の庶民が日々、何を食べていたかに興味を引かれたのも、あながち小説を書く目的のためだけとは言い難《がた》い。江戸時代の庶民の食事は驚くほど質素だった。朝は炊《た》きたてのごはんに味噌汁、目刺《めざ》し、納豆、それに沢庵《たくあん》。

昼もだいたい似たような内容である。夜はごはんの始末をつけなければならないので、お茶漬けでさらさらというのが普通だった。

商家の奉公人のおかずはヒジキの煮物が定番だった。栄養的には決して十分と言えないが、おおかたの人々は元気に暮らしていた。

抵抗力の弱い人間は江戸患《わずら》いと呼ばれた脚気《かっけ》や労咳《ろうがい》（結核）に罹《かか》った。それも現代なら食事療法と抗生物質で簡単に治った病気である。現代の食事と昔を比べると、あまりの差にため息の出る思いがする。

テレビの旅番組では景色よりも宿の豪華な食事に重点が置かれている。エビ、カニ、舟盛りの刺身が食べ切れないほどテーブルに並ぶ。各地の郷土料理も豪華に変身して提供される。それはもはや、土地の人々のハレの食事でも、長い冬を越すために工夫された料理でもなく、客にとっては目先の変わった一品に過ぎない。

デパートの地下には有名どころの料理店が自慢の料理を売っている。全国うまいもの大会となると、会場は客で埋め尽くされる。評判のスイーツには長蛇の列ができる。

東京赤坂のケーキも飛行機で空輸されて北海道の地方都市に住む人々の口に運ばれる。

お取り寄せの料理も珍しくなくなった。お金さえ出せば人々は居ながらにして全国の山海の珍味を手に入れられる世の中だ。

私もおいしいものが好きだから、食べ物のイベントが開かれると知ると、せっせとデパートに足を運んでいた。

だが、ある日、料理に「命《いのち》」という言葉を掲げた雑誌の広告が眼に飛び込んできた。当たり前の料理にその言葉は大袈裟《おおげさ》過ぎるように感じた。広告には初老の婦人の写真が添えられていた。料理研究家の辰巳芳子さんという方だった。威厳のある風貌は怖くもあった。

辰巳さんは手抜きをしない料理をすることで定評があり、その声望を慕って料理教室にはお弟子さんが殺到しているらしい。手抜き主体の私が弟子となったなら、辰巳さんにさんざん呆れられるだろうなと、あり得ない想像をしている。たまに叱られたいという気持ちもないではないが。

その辰巳さんの言葉で、私は俄《にわか》に眼から鱗《うろこ》が落ちた気がした。そうだ、食事とは本来、命を繋《つな》ぐためのものであったと。命を繋ぐものであるならば、ことさら華美を競う必要はない。丁寧に下ごしらえをし、愛情を込めて料理する。その料理がまずいはずはないと思う。

私は海辺に近い地方都市に住んでいるせいで、貰い物も多い。昆布などは買ったことがない。北海道の昆布は品質に優れているので、京都や大阪に運ばれる。利尻《りしり》、日高《ひだか》の産が有名だが、実は函館近郊で収穫される昆布も質が高いのである。よい昆布のためには海だけでなく、近くの野山も関係する。野山の滋養が海に流れ込むからだ。だから樹木をやたらに伐《き》ってはいけないのである。食材から学ぶことも多い。春はまた、山菜の季節でもある。フキ、ワラビ、コゴミなどもいただく。塩漬けにして、お盆やお正月の煮物に利用する。これも根こそぎ採っては翌年に差し支える。山菜も近頃は品不足が囁かれている。

何事も足るを知ることが肝腎である。命を繋ぐために摂《と》るのが食事だと再認識すれば、現代の人々の食事もおのずと変わっていくはずだ。溢れんばかりの食材が並ぶ大型スーパーの景色が未来永劫《えいごう》に続くとは、私には、どうしても思えないのだ。

お大師様に逢いたくて

年に二度ほど仕事の頃合《ころあい》を見はからって、連れ合いと短い旅行を楽しんでいる。骨休みだから取材をするつもりはないのだが、小説の小道具に使えそうなエピソードがあると、ついメモしてしまう。そこはあさましい作家根性かもしれない。

今年の秋は四国のツアーに行ってきた。五日間で四国をぐるりと一周する旅である。八十八ヶ所の札所《ふだしょ》の内、三つほど寺も訪れた。

このツアーのキャッチフレーズは「お遍路さんに逢えるかも」というもの。その言葉通り、札所となる寺には白い装束のお遍路さんがたくさんいらした。杖についている鈴が耳に快い。

このごろはバスで八十八ヶ所を巡るツアーもあるとか。札所の寺を訪れた時、そんなお遍路ツアーの団体と出くわし、境内は賑やかだった。お遍路さんは札所に着くと、本堂にお参りして一斉に般若心経を唱える。四国ならではの光景だ。

私は旅に出る時、ご朱印帳を携帯する。鮮やかな手跡《しゅせき》の山号に赤い印を押して貰う。寺は観光スタンプと一線を画しているようだが、なに、素人《しろうと》にすれば寺のご朱印は格調高い観光スタンプと何ら変わりはないのである。

納経料を払っているのだから四《し》の五《ご》の言わんでくれと、内心では思っている。

ご朱印帳の他に般若心経の書かれた扇子も忘れない。疲れが出ると悪夢を見るので、ほんの魔除《まよ》けのつもりである。結構、効果がある。自慢めくが私は般若心経だって唱えられるのである。扇子と読経で悪鬼退散というわけだ。

さて、四国の寺は弘法大師が開いた所がほとんどという。各地に大師にまつわる逸話《いつわ》も多い。大師は人間の慈悲を試す。小川で芋《いも》を洗っていた女房を見かけると、その芋をひとつくれと言ったという。女房は余分な食べ物を見知らぬ僧に分ける義理はないから、この芋は堅くてまずいと断る。すると、家に戻って芋を調理すると、同本当に堅くてまずい芋になった。あるいは栗拾いをしている子供を見かけると、同じように、その栗を少しくれと大師は言った。子供は喜んで大師に栗を分けてくれた。栗の樹の背が高いので、上の方の栗を採られないのが残念と子供が言えば、以来、その土地の栗の樹は上に伸びずに横に枝を伸ばすようになったとか。そんなことを聞くと、弘法大師は人間離れした能力を備えた僧だったのかと、少し気味が悪くなる。

いや、霊験《れいげん》あらたかな僧だったからこそ、多くの信者を獲得したのだろう。弘法大師だけでなく、親鸞も道元もはるか昔の僧である。高僧、名僧は、現代ではもう現れないのだろうか。話題に上る新興宗教の教祖は、どうした訳か墓穴を掘って、最後は人々の非難を浴びてしまうことが多い。

歴史に名を刻む高僧、名僧が信徒からお布施を取って儲けたとは聞かない。信仰すれば極楽浄土へ導かれると説くばかりだった。実際には僧侶も人の子。食べなければならないし、寺を維持するためにはお金も必要だったはずだ。

しかし、そういう瑣末《さまつ》なことは一切消えて、めざましい足跡ばかりが連綿と今日まで語り継がれてきた。これは考えてみると不思議なことである。弘法大師だって欠点はあったはずだ。だが、誰もそれを言わない。また、僧侶は生涯を仏の道に捧げるもので、女性に魅《ひ》かれるなどもってのほかと、寺社奉行所も厳しく取り締まっていた。

しかし、親鸞は妻帯している。親鸞が生存中、他の宗派の僧侶は色々と非難の言葉を口にしたはずだ。長い年月は一人の個性的な僧をいやが上にも高僧、名僧に仕立ててしまうものなのか。私にはわからない。

お遍路さんは純真な信者たちだと思う。四国八十八ヶ所を廻れば、何かしらのご利益《りやく》があり、安らかな死を迎えられると信じて疑わない。お遍路さんは年配の方が多いが、三十一番札所の竹林寺《ちくりんじ》では若い男性が声高らかに般若心経を唱えると、風のように次の札所へ駆けて行った。半ズボンの下の陽《ひ》に灼《や》けた足には硬い筋肉が張りついていた。どうしてお遍路さんをする気になったのか訊《き》いてみたかったが、とうとう声は掛けられなかった。

結局、人は何かに縋《すが》りたい生きものなのだと思う。今は素直に神仏に縋ることが難しい世の中である。宗教を信じ過ぎる人にはうさん臭い気持ちになる。人が死ねば葬儀がとり行われるが、それさえ世間的な形に過ぎない。

香典の額、花輪の数、僧侶の人数、院号など、すべて金がらみだ。様々な仕来りが煩《わずら》わしくて葬儀会社に委託する者も多くなった。

寺はさびれる一方である。葬儀があっても寺は決められたものしか受け取れない。会場費も入らない。管理費、寄付を集めても間に合わない。うちの檀那《だんな》寺の副住職も、そのせいかやたら法要を勧める。住職がお金に鷹揚《おうよう》な人なので、その息子である副住職は寺を維持するために必死なのだ。副住職にすれば先祖の供養のためにお金を出すのは当たり前だと思っているようで遠慮会釈《えんりょえしゃく》もない。

だが、言い訳めくが、私の話も聞いてほしい。わが家の仏壇には連れ合いの両親を祀《まつ》っている。姑《しゅうとめ》の祥月《しょうつき》命日は八月の十九日である。

お盆の時期、私はとても忙しい目に遭わされる。北海道は新盆がおおかたなので、寺は七月にお盆の檀家廻りをする。ところがわが家のお盆は八月の旧盆なのだ。いくら、うちは八月がお盆ですと言っても素直に聞いてくれない。

その内に私も諦めて黙って寺のするままになった。だから、七月のお盆、その月の月命日と、仏壇の世話が二度ある。翌月の八月はうちのお盆だから墓参りをして、十九日は祥月命日だ。夏のふた月の間に四回も寺と関わらなければならない。夏は東京から編集者が避暑がてら北海道のわが家にやって来ることも多い。わざわざ北海道までやって来るので、お茶だけで帰す訳にもゆかず、夜は会食となる。そんな日の翌日が月命日に当たると、私は苦痛を覚える。それで、ついお勤めを休んでほしいと寺に電話を入れるのだ。

　昨年の八月。やはり編集者が月命日の前日に訪れることとなり、私は寺に断りの電話を入れた。ところが、寺の副住職はやって来た。お断りしたはずですがと言うと、「本日は祥月命日ですよ」と詰《なじ》るように応《こた》えた。それはわかっているが、ついこの間、墓参りを済ませたばかりである。忙しい時ぐらい勘弁してもらいたいと私は思った。だが副住職は玄関先で動かない。仕方がないのでお布施を差し上げて帰って貰った。その後で、猛然と腹が立った。別に仏をないがしろにしているつもりはない。何事もなければ喜んでお勤めして貰う。だが、こっちにだって都合がある。死者の供養も大切だが、まず生きている者の都合が優先されるものではないのか。

　私はそれから月命日のお勤めをすべて断ってしまった。おとなしく言うことを聞いてくれたら今でも月命日のお勤めはしていただいたはずなのに。まあ、これは私の勝手な言い分で、寺の側にしたら、また違った意見もあろうというものだが。

　映画「男はつらいよ」に登場する柴又帝釈天《しばまたたいしやくてん》の御前さまは私の理想の僧侶である。御前さまが檀那寺の僧侶だったら、どれほど慰められただろうか。私は心から檀那寺の僧侶を慕いたいのだ。だが、理想は理想で、現実はそうは行かない。

四国のお遍路さんが携える袋には「同行二人《どうぎょうににん》」という文字が書かれていた。二人とは自分とお大師さまのことだろう。バスの窓から夕陽を浴びながら一人でてくてく歩くお遍路さんを見た。歩き遍路の方だ。笠を被《かぶ》り、杖を突くその姿に胸が詰まった。お大師さんと二人の旅。だからちっとも寂しくないのだろう。無心に歩みを進めるお遍路さんの気持ちがいじらしい。今、何を考えているのかと、私は問うてみたかった。いや、歩き遍路のあの人がお大師さんに思えて仕方がなかったのである。私はお大師さまに逢えたのだろうか。

第5章　今日も今日とて

虚実皮膜の間

私は時代小説を書いているので、そこで語られる話はすべて私のフィクションと捉えられているふしがある。もちろん、フィクションではあるが、全部が全部、こしらえた話でもない。

たとえば、昨年（一九九九年）『深川恋物語』という短編集を出しているが、この中に収録した「凧《たこ》、凧、揚がれ」は、一つの事実からヒントを得て書いたものである。

函館に凧作りに情熱を燃やす元高校の美術教師がいらっしゃる。毎年、干支《えと》にちなむ連凧を揚げて話題になっている。

息子が小学生の頃、私はＰＴＡの役員を引き受けていた。

そのＰＴＡの行事の一つに講演会が企画され、校長のお知り合いであった当時在職中の先生が講演に訪れたのである。私は大の男が何ゆえ凧に一生懸命になるのかを訝《いぶか》しんでもいた。お話を聞いているうちに深く納得がいったものである。彼は凧作りを通して生徒たちと心の交流を図っていた。たかが凧ではなかった。

そして、一人の女子高生の話になるのだ。不治の病に冒《おか》された彼女は苺《いちご》の凧を揚げたいと強く望んだ。苺の凧が完成すると、彼女は両親につき添われて校内の凧揚げ大会にやって来た。

「先生、あたしの凧、可愛いでしょう?」

無邪気な笑顔を見せた彼女は、しばらくするとこの世から去ったという。先生は美術室にその凧を置いたままだとおっしゃられた。処分すれば彼女の死を認めたことになるからと。

小説は虚実皮膜《きょじつひまく》の間で書かれるものである。心情を吐露しても気づかれないのは時代小説のゆえだろうか。

作家の領域

生まれた時から函館に住んでいるので友人、知人は多い。買い物で街中へ出ても必ず一人や二人、知った顔に出くわす。

大抵、私が小説を書いていることを知っているので「お忙しそうですね」などと労をねぎらって下さる。しかし、中には、まだ書いているのかと訊《たず》ねる方もいる。「まだ」とは何だろう。

新聞や雑誌に頻繁に名前が出なければ、仕事をしているようには見えないのだろう。それだけではない。朝日新聞に限らず、他の新聞からも時々、エッセイの依頼はあるが、担当の編集者から、掲載する時、肩書を何にするかと問われる。「あのう、作家じゃまずいのですか」と訊《き》くと、あなたがそれでよろしいのなら、そのように致します、とのことだった。

最初はむっとしていたけれど、よく話を聞いてみると、作家の方の中には「作家」という言葉に抵抗を示す人もおられるという。何と謙虚な姿勢だろう。私なんぞは新人賞を一つ取ったぐらいで作家だ、作家だと広言して憚《はばか》らなかった。今となっては恥ずかしい。作家とは原稿料、印税で生活を維持している人間のことである。私はデビューして五年になるが、厳密な意味で作家になったのは昨年辺りからであろう。

続々と輩出する新人作家が、これから夢が始まると眼を輝かせているのを見るにつけ、私は何だか胸が苦しくなる。作家は実入りのいい職業ではない。それでも作家と呼ばれたい人間が多いのは、プライドを保ちつつできる仕事だからだ。人は作家と言うだけで尊敬の眼《まなこ》になる。実はそれがくせ者なのだけれど。

恋するあなた

文芸評論家の山本容朗さんは拙作の主人公、髪結い伊三次のモデルを亭主ではないかと思われているらしい。笑ってしまった。まあ、お金のないところだけは似ているが。

好きなタイプの男性を描くのは小説家の至福である。好きなタイプは一つに定まらない。甲斐性《かいしょう》なしの優男も好きなら、お面はまずくても性格のいい男、ニヒルな男、子供のまんまの無鉄砲な男。何と私は多情な女だろう。しかし、結婚しているせいでもないが、近頃、現実の男性に心を惹《ひ》かれるということがない。

高校生の頃に一度だけ、くらッときたことがある。吉行淳之介さんの写真を見た時である。

その頃、彼は三十八、九。高校生の私から見たら、まさしく中年の男性であった。

彼から醸《かも》し出されるフェロモンが私を捉えて離さなかった。後年、お亡くなりになった時、テレビの回想シーンで、そのお声もお聞きした。痺《しび》れた。何という不思議な魅力のあるお声だったろう。柔らかな口調なのに妙にドスが利いている。優しさと男らしさが微妙なバランスを保っていた。

だからという訳でもないが、作家の処世術は彼に倣《なら》うところが多い。一つ、テレビには出ない。二つ、講演をしない。三つ、その代わり対談の機会を多く作る。四つ、税務署への申告は自分でする。五つ、よい小説を書くこと。

私の小説の師匠は読んで愛した作家たちである。不肖の弟子はためらいながら、その後ろをついているのである。さて、今年はどんな恋する対象にめぐり合えることやら……。

一力さん

山本一力さんは四国は高知の出身でいらっしゃるが、今ではもう、すっかり深川っ子だ。

深川八幡の祭礼には、おみこしもかつぐ。一度、そのお写真を雑誌で拝見したが、いやその真剣なお顔と言ったらあるものではない。もしかして、原稿を執筆なさるより、おみこしをかつぐ方が一生懸命なのではないかと思ったほどだ。山本さんは本当に心から深川を愛していらっしゃる。

『大川わたり』は、山本さんの大好きな深川が背景となっている。借金を返すまでは大川を渡ってはならないという縛りは、私には切ない。人間が生きていく上には、様々な苦労があるけれど、借金を背負うというのも、これまた、大変な苦労である。主人公の銀次がどのように乗り越えていくのか、それもみどころの一つである。

成駒屋の若旦那こと中村橋之助丈をお迎えしての今回の舞台は大いに楽しみだ。脇を固める役者さん達も錚々《そうそう》たる顔ぶれである。ご盛況を心からお祈りするものである。

山本さんは直木賞を受賞されてから眠る時間もなくなるほどお忙しくなった。『大川わたり』の舞台化で、作者としては嬉しいお気持ちで観劇されることだろう。くれぐれもいねむりなどはなさらぬように。

宇江佐はそれが一番の心配である。お暇になったら、また茶碗蒸しを食べに連れていってくださいね。

翁

丹波篠山《ささやま》の元朝能《がんちょうのう》は「翁《おきな》」と呼ばれ、元旦午前零時半から始まり、国内で最も早い演能として知られている。翁は天下泰平、延命長寿、五穀豊穣《ほうじょう》を祈って祝賀に披露される舞だという。

まだ暗い春日神社の能楽殿で舞われる翁は、さぞかし幽玄の心地がすることだろう。

ままならぬ世の中では、厳粛な気持ちで新年を迎える者ばかりとは限らない。新年早々に弔《とむら》いを出さなければならない者もいるだろう。人の死に適した日はないけれど、大晦日《おおみそか》や元旦だけは勘弁してほしいと心底思う。

父は昨年十二月八日に八十五歳の生涯を終えた。大晦日で慌ただしくなる前に逝ったことは、残された者たちに対する気づかいだったのだろうか。いかにも旧国鉄職員として定年まで勤め上げた父らしい。

病院から家まで運ぶ車を待つ間、私は電信柱に止まっている鳩《はと》をぼんやり眺めていた。とてもよいお天気で、どこからか子供の笑い声も聞こえた。

不思議に涙は出なかった。

母がわめいていたので、長女の私は白けたのかも知れない。私の頭の中は葬儀の段取りのことばかりだった。

柩《ひつぎ》に納められた父はうっすらと笑っているようで、まるで翁の面だった。

ロビー・ウエディング

上京すると泊まるホテルで、近ごろロビー・ウエディングが行われることが多い。そのホテルのロビーには喫茶コーナーがあって、普段は多くの客に利用されているが、ウエディングのある時は一時閉鎖され、正装した人々が厳粛な顔で座ることになる。

正面のスクリーンにはキューピッドのシルエットが映し出され、冬の季節なら人工の雪を降らせるなど、なかなか凝《こ》った演出もする。

ロビーであるから、関係者以外でも式の様子を見ることができる。

東京は人口が多いので、一組の男女が夫婦の誓いを立てる場所も容易に見つからないのかと思っていたら、どうやらそれも流行の一つらしい。別に他人様《ひとさま》のすることに目くじらを立てるつもりはないが、どうもロビーという場所が結婚式をするのにふさわしいとは思えないのだ。もはや私も古い人間の部類に入っているのだろう。世間話のついでに、東京は違うのね、と作家の山本一力さんに言うと、「それはおいらだって驚くよ。昔は廊下で式を挙げる奴なんかいなかったよ」と応えた。ロビーがいつの間にか廊下にされてしまった。

ロビーは廊下、控室、応接室を兼ねる広間のことである。新郎新婦は応接室で式を挙げたつもりでも廊下のイメージが先行する者もいる。世の中は様々だ。

長崎旅情

取材で長崎を訪れた。ちょうどランタンフェスティバルの最終日。街は人でごった返していた。

中華街は角煮饅頭《まんじゆう》の匂《にお》いが漂い、カステラと鼈甲《べっこう》細工の店はどこへ行っても軒を連ねている。

長崎は港町のせいで函館の景色とよく似ている。驚くのは夜景で有名な稲佐山で、海抜三百三十三メートル。函館山とほぼ同じ高さである。西欧風の建物、路面電車、教会も函館とさして変わらない。ただし、坂道が多い。どこもかしこも坂だらけ。墓も変わっている。名前を金文字で記しているのである。

街の人々はお祭り好きで、祭りとなれば何を差し置いても駆けつけるという。土地の人々は長崎の特徴を「坂・墓・ばか」と表する。

お祭り好きは長崎に限らないので、ばかと卑下することもないと思う。ランタンフェスティバルには、延べ八十万人の観光客が訪れたという。

バスを待つ間、後ろにいた年配の女性が連れの女性に話をしているのを聞くでもなく聞いた。

「もう一年生きとれば、お父さん、優勝がみられたとに。よわかよわかと嘆きよったけんね」。昨年の巨人の優勝のことを言っているのだと思った。

よその土地を実感するのはお国訛《なま》りを聞く時である。

温かく、時に切ない。

長崎はよかところです。

八重桜

桜の季節になると、決まって桜についてあれこれとたずねられる。やれ、あなたの印象に残っている桜は何かとか、函館の桜はいかがかとか。

桜はともかく、甘い樹液に群がる毛虫が苦手である。だから、桜は素直に好きと言えないところがある。

我が家の庭に八重桜の樹があった。八重桜はソメイヨシノより遅れて咲き、花びらの紅もくっきりと濃い。

あれは花時にかなり強い風が吹いた翌日のことだった。窓のカーテンを開けて、私は茫然《ぼうぜん》となった。一晩で花びらが皆、散ったのだ。土の目も見えないほど、地面はピンクの花びらで覆い尽くされていた。その景色は到底言葉で言い表せないほど美しかった。だが、毛虫である。樹の叉《また》に真綿のような巣がかかり、中に黄緑色に成長した毛虫が蠢《うごめ》いているのだ。私は色気のない悲鳴を上げて、隣に住んでいる父を呼ぶ。八十の父は、よろよろとおぼつかない足取りで五十の娘のために脚立を出して、毛虫退治をしてくれた。

あまり私が騒ぐので、父は私が留守の間に八重桜を伐《き》ってしまった。すると人は勝手なもので、何もそこまですることはないと腹が立った。毛虫に悩まされることはなくなったが、春は胸にぽかりとすき間が空いたような気分になる。花びらの絨《じゅう》毯《たん》は二度と見られないし、父もいない。

北星余市高校

数年前から北星余市高校のドキュメントをテレビで見る機会があった。熱血教師義家弘介《よしいえひろゆき》さんの顔もすでにおなじみである。

北星余市高校は全国の不登校生徒、中途退学生徒を受け入れてからにわかに脚光を浴びるようになった。なにより義家先生がこの高校の卒業生というのが頼もしい。問題を抱える生徒と親にとって、この高校はひと筋の光明にもなったが、教師たちは気の休まる日もない毎日である。今日の北星余市高校への先鞭《せんべん》をつけたガンさんと呼ばれる教師は病に倒れた。無理もない。

不器用でも歩みが遅くても、とにかく一生懸命に努力する者に人は拍手を惜しまない。ひと筋縄ではいかない生徒なら、なおさら。

私は校内で禁煙運動が行われたのには正直度肝を抜かれたが、そんなことで驚いていられないのがこの高校の実情である。大麻事件が発覚したとき、マスコミはそれみたことかと言わんばかりに書きたてた。教師たちはさぞつらかっただろう。それでも問題を起こした生徒を見捨てるわけにはいかなかったのだ。

小うるさい服装の縛りはこの高校にはない。皆、着たいものを着て、それがよく似合う。個性的という言葉が改めて実感できる。

高校卒業を当たり前にしか考えられないものには、この高校の卒業生が流す涙の意味を理解できないだろう。

身分証明

デパートで買い物をした後で、ふと携帯電話のコーナーが目についた。私は携帯電話を持っていない。行動が束縛されるようで嫌だったからだ。

外に出る機会が多くなるとそんなことも言っておられず、家族からも携帯電話を持てと勧められていた。この際、決心するかと係の女性に声を掛けた。ちょうど銀行の通帳と印鑑を持っていたので、申し込みに不都合はないと思った。

係の女性は親切に画面が大きくて使いやすそうな機種を選んでくれた。契約書に住所、氏名などを記入し、印鑑を押した。よく電話をかける相手も一人記入してくれと言われたので、母親の名前と住所、電話番号を書いた。

さあ、もう契約は完璧《かんぺき》と思ったが、係の女性はさらに運転免許証か保険証の提示を要求した。あいにく、そのどちらも所持していなかった。日本文藝家協会の会員証は筆名だから用をなさない。係の女性は身分を確認できるまで、携帯電話を渡せないと言う。なぜそれを先に言わぬ。かっと腹が立った。出直す気になれなかったから、契約は反故《ほご》にした。

私が私であると証明するのも難しい世の中だ。免許証と保険証のない人間は身分不証明者になるのだろうか。

「私は誰？」と呟《つぶや》いてみた。

夜郎自大

スーパーで買い物したついでに雑誌のコーナーをのぞいた。そこでクロスワードパズルばかりを集めたものが目についた。少し遊んでみるかと漢字のクロスワードを求めた。

四文字熟語を主体に二文字、三文字熟語を縦横に埋めていく。これが結構難しい。齢《よわい》五十を過ぎても知らない言葉は多い。

「夜郎自大《やろうじだい》」なんて初めてお目にかかるものだ。試しに五、六人の編集者にその言葉を知っているかと訊《たず》ねると、一人を除いてだれも知らなかった。

そんなの知らなくても別に仕事に支障はないでしょうと悔しまぎれの悪態をつく。そうではあるまい。知っているに越したことはない。私も彼らも言葉を仕事にしているのだから。

しかし、中にはばかばかしいものもある。「明日天気」なんて熟語に入るのだろうか。つい夢中になり、この頃はろくにほかのことはしていない。

ところで「夜郎自大」の意味であるが、中国の漢の時代に夜郎国というのがあったそうだ。その夜郎国が漢の進んだ文化を知らず、自分たちの国こそ最高と思っていた。世間を知らず、狭い世界でいばっていることを言うのである。

何かと話題になっているある国のことを指しているような気がした。

曲軒・山本周五郎

今年（二〇〇三年）は山本周五郎の生誕百年にあたるということで、様々な周五郎に関する催しが行われている。私は仙台の山本周五郎展のシンポジウムに参加した。

言うまでもなく周五郎の作品は時代小説家にとってお手本となるべきものである。

周五郎はまた「曲軒」と渾名《あだな》されたほどの反骨の人だった。小説の賞をすべて辞退していることでもそれはよくわかる。読者のお褒めの言葉がすでに賞に値するものだから、その他の賞はいらないということなのだ。

偉い人はどこまでも偉い。

私も周五郎を見習って泰然と小説を書いてゆきたいものだと心から思う。

周五郎の年譜を何気なく見ていて、昭和二十年の出来事に愕然《がくぜん》とする。先妻を癌《がん》で亡くしたばかりでなく、空襲の最中に長男（当時十四歳）が行方不明となっているのだ。周五郎の胸中はいかばかりであったろう。

周五郎の眼が弱者に向けられているのも腑《ふ》に落ちた気がした。人間は哀《かな》しいものだと周五郎は繰り返し語る。彼自身も哀しい人間であったのだ。

文学展を見学していたら、私の前にいた女性が連れの女性に囁《ささや》いた。

「この人、やっぱり小学校しか出ていないのね」

その言葉が私の胸をきりきりと刺した。

だから何なのよ。私はわめきたいのを必死で堪《こら》えた。

入試問題

小説の著作権使用許可願いの文書が、私の所にも届く。一番多いのは図書館で、目の不自由な人たちのために録音テープを作成する目的である。これはボランティア活動で、朗読奉仕をする人も作品を提供する作者も、無償で行っている。

しかし、全国の図書館から許可願いが舞い込むのには、いささか閉口する。同封されているはがきで返事をするのだが、私は月に四、五枚も書かなければならない。仕事が忙しい時、これがとても大変だ。

中には、期日を指定する所があって困っている。図書館の元締のような所に許可したら、ほかもオーケーということにならないだろうか。関係諸氏はご一考を。

先日、高校の入試問題に使わせて欲しいという要請があって驚いた。凧《たこ》作りの職人と病弱な少女との交流を描いた短編小説だった。

凧職人が何気なく口にした言葉について、五十五字以内で説明せよ、とある。また、凧職人と少女の間柄を六つの文例から選ぶ問題もあった。

作者でありながら、明確な解答ができない。そうでもあるし、そうでないかもしれない。空白に言葉を埋め込む問題も、すぐには出てこなかった。まじめにテストに取り組む生徒に失礼なので、この要請は断った。

やはり、私の作品は気楽に読んでいただきたい。能書きや理屈などいらない。

電子図書

出版業界の現状は厳しい。

不景気と若者の本離れの影響で、初版部数の四割が返品というありさまである。にもかかわらず、出版点数は増加傾向にあるという。当然、数字の取れないものは書店の店頭からすぐさま姿を消すことになる。時間を掛けて読者を獲得するというやり方は、現実には不可能になっているようだ。

最近の各出版社は電子図書の出版に向けて準備を始めている。紙を必要としない本造りである。

実際に現物を見せてもらった。単行本サイズ（もっと小さかったかもしれない）の薄手のノート・パソコンという感じだった。その小さな機器に五十冊以上の本が収録できるそうだ。

実に画期的なこととはいえ、何やら複雑な思いがした。それにより読書の形が大きく変わるような気がした。ページをめくるのはボタン。味気ない。気分が出ない。

しかし、それも時代の流れかもしれない。ワープロが出現した時も賛否両論が飛び交った。原稿用紙の升目《ますめ》を一つ一つ埋めた作品でなければいいものにはならないとか、文体が変わるとか。今は誰もそんなことを言わない。紙を必要としない本は、地球の資源を守るためにはいいことなのだろうが、文明の進歩にもうひとつ、心がついていけない。

長州

明治維新は女の私にとって理解できないことが多い。とりわけ尊皇攘夷《そんのうじょうい》の本拠地、長州の存在がわからない。長州は長門国（山口県）を指している。今でもこの地方から優れた政治家が輩出されていることはどなたもご存じであろう。なぜ長州なのか、それを探るために彼《か》の地に行ってみた。

小江戸、小京都ともてはやされるこの地方を訪れる観光客は多い。戦災を免れたせいで昔ながらの町並みが残されている。だが、山また山に囲まれたこの地方に過激な長州の片鱗《へんりん》を窺わせるものは感じられない。腑《ふ》に落ちない気持ちで吉田松陰の松下村塾跡《しようかそんじゆく》を見学した。松下村塾は幽閉されていた松陰が若者達に学問を伝授した場所だ。

写真で見るよりはるかに狭く、粗末な造りである。

松陰は幽閉される以前、全国を廻《めぐ》り、日本の貧しさを実感し、外国を見聞して解決策を見つけたいと渡航を企てたのである。

残念ながら、それは失敗に終わったが、松陰に教えを受けた弟子の何人かは尊皇攘夷、倒幕運動へと走った。

元をただせば貧しさがその根底にあるだろう。貧しさを家臣や領民に強いる徳川幕府への反感がその大きな理由だったと思う。

ようやく合点した私の眼につわぶきの花が映った。

可憐《かれん》で黄色い野の花はまるで松陰の化身のように思えた。

発想の転換

私の息子は、某スポーツ用品メーカーに勤務している。最近、居酒屋から野球のユニホームの上だけ注文があったという。従業員のお仕着せにするらしい。洗濯するとき汚れが落ちやすいという理由である。

また、建設業に携わる所からはアンダーシャツの注文があった。こちらは汗をほどよく吸って、肌にまとわりつかないという理由だった。さらに老人介護に携る者は、ユニホームの下に穿《は》くスライディングパンツに少し改良を加えたら、おむつをしている老人には、まことに最適だと言っていたという。

スポーツ選手のために考えられたものが、発想を変えると思いがけない分野で活躍することもあるのだ。もの作りの選択肢は決して一つではない。要は頭の柔軟さであり、広い視野を持つことでもある。

昨年は不景気に加え、天候にも恵まれなかった。中小企業は資金繰りと生き残りを賭け、今もあくせくしている。さて、今年は少しでも景気が回復するだろうか。

政治家のトップにばかり期待する他力本願では、問題は解決しない。

一人一人の自助努力が明日の日本を作るのだ。

失業者は一刻も早く仕事を見つけるべし。その気になれば仕事は絶対見つかる。自分を信じて諦《あきら》めないことが肝腎である。年頭に当たり、そう強く思った。

プチ紳士

最近、通勤電車の中で化粧をしたり、飲食する者がいるらしい。時間が足りなくて、家ですることを乗車中に済ませるのだろう。

電車内は公共の場であるから、周囲の人間が不愉快を覚える行為は慎むべきであると、改めて言わなければならないご時世なのだろうか。

歯の治療の帰り、路面電車に乗った。車内は制服姿の高校生たちで混んでいた。テストか何かがあって、その日は早く下校したのかも知れない。

一人の男子生徒が座席に眠そうな顔で座っていた。覇気に欠けた表情にも見えた。しかし、次の停留所でお婆《ばあ》さんが乗り込んでくると、その男子生徒は席を譲った。素早く行動したのではなく、仕方がない、ま、譲ってやっか、という感じだった。

男子生徒は、それからドア近くに立ってあくびを洩《も》らした。お婆さんは彼に対し、

「にいさん、悪かったね」と、礼を言った。

「なんも。おれ、駅前で降りるから」

相変わらず、やる気のない態度で応えた。私は嬉《うれ》しくなった。彼はプチ紳士だと思う。親切を恩に着せないところがすてきだ。

こんなプチ紳士が函館の高校生の中にいるのだ。

函館が好きだと感じるのは、そんな場面に出会った時だ。プチ紳士は、そのうち、本当の紳士になるだろう。

占い

朝のテレビ番組には、どの局も今日の運勢のコーナーがある。自分の運勢に、つい目を凝らしてしまうのは私だけではないだろう。

世の中はどんどん進んでいるのに未来は予測がつかない。だから人は古来、占い師にそれを求めてきたのだろう。

占いは統計学、もしくはバイオリズム（生物時計）の一種だと私は思っている。有名な占い師はテレビでひっぱりだこである。非常に断定的な物言いをするので驚くことがある。もしもそれが外れた場合、どう言い繕《つくろ》うのだろうかと、今はむしろそちらの方に興味がある。

曰《いわ》く、日本ハムに移籍した新庄選手は今期限り。柔ちゃんはアテネで金は取れない。谷選手との夫婦仲はよいので離婚はない、などなど。この占い師に鑑定して貰《もら》うには、半年も待たなければならないそうだ。それだけを見ても、自分の未来に期待と不安を覚えている人が思わぬほど多いことがわかる。

動物は危険を察知する能力があると言われる。突き詰めれば、彼等の幸、不幸は生きるか死ぬかでしかないからだ。

せめて、自分の人生は自分で切り開く気概を持ちたいものだ。占いは、ほんの指針でいいと思う。占いの結果に一喜一憂している人間はひどく哀れに見える。その前に努力することが肝腎なのに。

お花見

ひと足早く、伊豆へお花見に行ってきた。

河津《かわづ》桜は寒緋《かんひ》桜と大島桜の交配種で、ほかの桜よりも開花時期が早いのが特徴である。ちょうど満開で、河津町は花見客で大いににぎわっていた。北海道の花見客のように、桜の下で焼き肉をするという趣向はない。

手作りの花見弁当を広げ、ひっそりとお花見をしているグループが二、三いただけだ。おおかたは桜並木を行って帰るだけで、途中、露店でおでんや焼き鳥を買う程度である。

河津桜は色も濃く、華やかではあったが、どうも私は郷土愛が強いせいか、もうひとつ、なじめない。函館の五稜郭公園や函館公園のソメイヨシノの淡い色が美しく感じてならない。

いや、花見と言えば、携帯用コンロを持ち出してラムやカルビを焼き、昼からビールに酔いしれるものと思っているので、何か物足りないのだ。本来の花見とは、決してそのようなものではないと、百も承知していながら、花より団子ならぬ焼き肉なのだ。

だって、北海道は日本で一番遅く桜が開花する土地である。待ちくたびれてもいる。ここで景気よくやらねば、何の花見かという気もする。北海道の桜は焼き肉の香りが染みついている。

桜にとっては至極迷惑だろう。だけど、大目に見てやってください、北海道の桜さん。

メール

息子の友人が携帯電話の会社に勧めていたので、売り上げ協力のつもりで携帯電話を新規購入した。当初は家族だけの連絡用だった。

メールは、持っているパソコンのもので間に合うので使用する気はなかった。

ところが、一番下の妹が乳がんの手術をすることになり、その前後から私の携帯にメールが頻繁に来るようになった。病室で声高に電話を使うのは周りの迷惑にもなろう。だが、じっとベッドに寝ているばかりでは退屈するし、不安にもなる。それで普段はご無沙汰《ぶさた》の姉にメールをしたのだ。

「お姉ちゃんの本、売店にあったよ」

「今日は少し痛みがある。でもガマンする」

「あかり（妹の娘）が小学校を卒業するの。早いものだね」

埒《らち》もないものばかりだが、妹が可哀想《かわいそう》で、こちらも律儀《りちぎ》に返信した。最初は操作に手間取ったが、すぐに慣れた。

慣れると、これがなかなか楽しい。

携帯電話はお年寄りこそ持つべきではないかと思う。電話で話すほどでもないことでも、メールなら構わない。遠くに住む子供達にメールで度々連絡したらいいと思う。

「メシ喰《く》ってるか。こちらは何とか生きている」

「寂しい。たまには顔見せろ。親不孝もの！」

なんてね。

身長

私は身長が百六十三センチあり、五十代の女性としては高い方である。同級生の中には私より身長の高い者もいたが、それでも百六十七、八センチで、百七十センチを超えることはなかったと思う。

長男が小学校に入学した時、担任の若い女教師は百七十の身長があった。私はそこで初めて、見上げる形で話をする女性に出会った。

それから続々と身長の高い女性を見かけるようになった。身長だけでなく、とにかく今の若者は足が長い。

腰も高い位置にあって、欧米人と比べても遜色《そんしょく》がない。

弥生時代の日本人はかなり身長が高かったようだ。

だが、時代とともに、どんどん低くなり、幕末の頃が最低である。それから持ち直して、徐々に高くなった。私を含む団塊の世代は小学校の給食に出た脱脂ミルクのお陰で身長が伸びたという説がある。そうかも知れない。

先日行われたオリンピック選考を懸けた大会で、女子バレーの選手たちに、私は驚愕《きょうがく》した。百八十センチ台の選手はざらで、ロシアの選手は二メートルを超える者もいた。人間の身長はどこまで高くなるものだろうか。

頼もしい気持ちがする一方で、ふと彼女たちが結婚する相手のことを考えてしまった。いやいや結婚なんて身長など問題にすべきではないだろう。ハートよ、ハート。それが肝腎だった。

子供をかわいがる

最近、子供に関する事件が多い。親が子育てを放棄したものから、子供自身が犯罪を起こす例が新聞やテレビで報道される。

どうしてこんなことに。大人は一様に嘆息し、原因のあれこれを探ろうとするが、原因を追及したところで問題解決にはならないだろうと私は思っている。

二人の子供を育てた経験から、両親だけの子育てには限度があると私は考える。祖父母、親戚、近所の人まで一丸とならなければ子供はうまく育たない。

江戸時代、日本人は世界で一番子供をかわいがると言われた民族だった。子供の遊びに一緒になって付き合った。祖父母も孫の養育には一役買っていた。現代は核家族化が進み、祖父母はたまに会う孫にあれこれと口を挟めない。せいぜいが、小遣いやおもちゃを与えてお茶を濁す程度だ。両親と子供だけの家庭は問題が発生した時、学校ばかりを頼る。学校がどんな責任を取ってくれるというのだろうか。それは事件発生後の学校の対応で一目瞭然《りょうぜん》というものだ。

命の尊さを語る時、両親よりも祖父母の言葉が温かく聞こえる。また、近所の人々の声掛けも効果がある。両親のみならず、誰からもかわいがられていると自覚した時、子供は自然によい方向に進むと思うのだが、それは甘い考えだろうか。

漢方薬

漢方薬に対する国の基準が三十年ぶりに見直されるらしい。アレルギー症状を訴える患者が多くなっているので、西洋医学だけでは間に合わなくなったのだろう。

私も数年前から体質が変わって、一般的な風邪薬を飲むと胃をやられてどうしようもない。

今は風邪の初期なら葛根湯《かっこんとう》一本やりである。体が温まり、よく効く。疲れるとめまいに襲われるので、苓桂朮甘湯《りょうけいじゅつかんとう》という漢方薬も使っている。

葛飾北斎は卒中の症状をゆずで治したそうだ。その娘の阿栄《おえい》は茯苓《ぶくりょう》を飲んでいた。

茯苓は更年期症状に効果があるといわれている。

南町奉行を務めていた根岸鎮衛《ねぎしやすもり》は足の腫れに悩んでいたので河原決明《かわらけつめい》を取り入れていた。

漢方薬は自然の植物が原料となっているので、症状を穏やかに治す。急激な効果は期待できないが慢性の病気には、よいのではないだろうか。

最近は、豆腐屋しか使用しなかったニガリの売り上げが異常に伸びている。ニガリの出番がこうも多い時代は過去になかっただろう。花粉症に特に効果があるらしい。

古代中国で開発された漢方薬は五千種にも上るという。中にはいかがわしいものも少なくない。快適な生活を送るために漢方薬を賢く取り入れる配慮も必要ではないかと思っている。

親心

取材帰りに東京へ立ち寄り、一人暮らしをしている次男の様子を見に行った。何しろ時間がなかった。

息子のアパートに着いたのが夜の九時。ドアを開けると、いきなり洗濯物の山。洗濯機に入れようとしたら、脱水したまま干さずに置いた物が入っていた。慌てて干し、ついでにトイレをブラシでこする。後はいいからと言われ、未練を残して食事に出た。息子の髪の毛が伸びていた。あごにひげもちょろちょろ。

小一時間の食事が終われば、もはや終電の時間が気になる。少しばかり小遣いを渡し、ホテルに戻った。

しかし、この寂しさは何なのだろう。夫婦は二世、親子は一世ということわざがある。血を分けた親子でも、子供は大人になれば、親はいらない。いい、ようくわかっている。

存外、息子は楽しく暮らしているようだ。それは結構なことだが、母親としては、まだまだ手を出したい。そろそろ子離れしなければならないと思いつつも、簡単には割り切れないのだ。

その日の昼、私は会津の白虎隊の少年たちが自決した飯盛山《いいもりやま》を訪れた。城が燃えていると早合点した少年たちは、もはやこれまでと観念して自決した。私が感じた寂しさは白虎隊の少年たちへの思いと重なったせいだろうか。

とりあえず、息子は元気で暮らしているのでよしとするか。

清澄庭園

東京はビルに埋め尽くされている土地かと思いきや、あちこちに江戸時代の名残をとどめる庭園がある。

深川の清澄《きよすみ》庭園もその一つである。もともとは〝紀文《きぶん》〟こと紀国屋文左衛門の別邸で、明治になってからは実業家岩崎弥太郎の持ち物だった。今は都が管理している。

隅田川から水を引いた大きな池、水辺には岩崎氏が全国から集めた奇岩珍石が置かれている。戦争で被害を受けたが、戦後に修復され、現在は人々の憩いの場となっている。私が訪れた時、涼亭《りょうてい》という東屋《あずまや》ふうの建物で白無垢《むく》の花嫁さんが写真を撮られていた。のどかで平和な風景だ。

振り返ってみると今年は、あまりいいことはなかった。台風、地震、オレオレ詐欺、幼い子供たちの命も奪われた。来年は今年の分までよくなってほしいと、庭園の景色を眺めながら心底願う。

丸々と太ったコイが悠々と泳いでいる。水鳥が足元から飛び立つ。羽音が驚くほど大きい。対岸で散策していた初老の男性がばったりと転んだ。はっとしたが、すぐに立ち上がったので安心する。

初冬にしては眩《まぶ》しすぎる陽射《ひざ》しが池の水面を光らせる。あっという間に一年が過ぎた。元気に東京へ来られるのは、あと何年だろう。

行く末、来し方をぼんやり考えたくなるのも庭園を訪れたせいか。清澄庭園は、そんな静かな場所だった。

第6章

函館暮らし

茶室にて

先日、母校の函館大谷女子短大から学校案内のパンフレットを作成するので、OGとして何か書いてくれとの要請があった。同窓会会費もろくに納めてなかったので、ここは母校のためにひと肌脱がねばならぬと快く引き受けることにした。振り返ると卒業以来、三十年近くの年月が経っている。その間、一度として母校を訪れることはなかった。母校は函館の史跡、五稜郭《ごりょうかく》の近くにある。今は住宅が密集しているが、当時は校舎までの道が舗装されておらず、春先になると雪解けでぬかるんだ道に大層往生したものである。

校舎の裏手も樹木がぽつぽつと立っているだけの野原で、雀がかまびすしく鳴いていた。

この雀が冬になると校舎の集合煙筒に集まって来て暖を取る。その内に足を滑らせて(?)煙筒の下に墜落する者がいた。煙筒に取り付けてある引き出し式の煤《すす》落としを開けると、干《ひ》からびた雀の死骸がごっそり現れるというホラーまがいのでき事もあった。

女子ばかりの学校だったのでカレッジ祭の時期になると柄《がら》の大きい私は大道具仕事に駆り出された。高校までは共学で、そんなことは男子まかせだったから、リヤカーで資材を運びながら、昔は小馬鹿にしていた同級生の男子の顔を恨めしく思い返していたものだ。

世の中は学生運動のピークで、東京に出た連中がゲバ棒を振ったり、機動隊に投石して逮捕されたりという物騒な情報を小耳に挟みながら、しかし、東京から遠く離れた函館ではその影響もさしてなく、完全なノンポリ、いや、学生運動そのものがよくわからない私は呑気に毎日を過ごしていた。

講義は退屈なだけで特別難しいことはなかったが、洋裁、和裁、手芸等の提出物が多くて大変だった。言い忘れたが短大は文学部ではなくて家政科である。まあ、このお蔭で息子の学校ジャージィの膝が破れても、あて布をして継《つ》ぎをするのが苦痛ではなかった。何でも覚えたことは役に立つものである。

私は友人に勧められ茶道部に入っていた。

週に一度、校舎の中にある茶室で稽古があった。茶道は何も彼《か》も仕来りを踏んだ上で行われるものである。自由に振る舞える部分が少しもないことが、私にはむしろ興味深かった。その頃は小一時間ほどの正座なら平気だった。今は、からっきし駄目である。

私は茶碗を割ったり、棗《なつめ》に入った抹茶を引っ繰り返したり、ろくなことをしていない。しかし、外から通って来られる茶道の先生は叱らずに黙って見ていて下さった。畳には抹茶の成分がよいと、妙な慰め方をされた。

普段は温厚な先生であったが、一度だけ烈火のごとく怒ったことがあった。

年度の終わりに京都の裏千家今日庵《こんにちあん》から茶道部の部員に入門と小習《こなら》いのお免状が届いた。部長をしていた学生がそれを部員に配った。私も渡されるままに気軽に受け取った。

しかし、後日、稽古の日に先生が訪れると部長に、お免状をここへ出しなさいと言った。

その時には皆、家に持ち帰った後だった。

先生は突然、眼を剝《む》いた。部長に何の権利があって勝手に渡したのかと詰《なじ》った。お免状というものは師匠が弟子に稽古の精進の証《あかし》に渡すもので、その時、師匠が自ら茶を点《た》て、一人一人に祝いの言葉を掛けるものであると。

挙句の果てに無知ほど恐ろしいものはないとまで言われた。正座した姿勢をつかの間でも崩せない緊迫した空気が茶室に漂っていた。

部長を馬鹿だと笑う気にはなれなかった。私が部長だとしてもそうしたかも知れない。そう思うと背中が震えた。だから、たった一度の先生の貴重なお手前を私達は見逃したことになる。女流日本画家の上村松園《しょうえん》によく似た威厳のある先生だった。以後、数々の失敗はあるが満座の中で罵倒されるようなことはしていない。

茶道は卒業後、会社勤めの忙しさで、すっかりやめてしまった。あるいはあの一件で、すっかり懲《こ》りたのかも知れない。稽古事は何につけても気苦労がつき纏《まと》うものだと悟っている。

中島三郎助の顔

私は北海道の函館《はこだて》に住んでいる。函館は言わずと知れた五稜郭戦争のメッカである。

それゆえ、五稜郭戦争をテーマに小説を書く気はないのかと、よく訊《たず》ねられる。

五稜郭戦争については多くの作家の方が作品をものしていらっしゃる。いずれも大作、労作である。何を今さら私ごときがしゃしゃり出て、浅学非才の恥を晒《さら》す必要はないと、今のところは考えている。しかし、お勧め下さる方の気持ちもわからぬではない。作家の方は、たいてい東京にお住まいになっているので、五稜郭戦争をお書きになる場合、取材のために交通費を掛けて函館においでになる。

そのことを考えると、私はほとんど手間いらずであろう。史跡五稜郭はもちろんのこと、榎本武揚《えのもとたけあき》が官軍対策に設置した神山《かみやま》の四稜郭《しりょうかく》、榎本軍が開陽丸《かいようまる》の錨を下ろして蝦夷地への最初の上陸を果たした森町鷲ノ木《もりちょうわしのき》、その開陽丸が座礁沈没した江差《えさし》、落城させた松前、すべて一度ならず訪れた場所ばかりである。

鷲ノ木なら函館まで車で一時間ほどの距離がある。徒歩で、しかも冬期間に進軍したという事実は驚き以外の何ものでもない。

鷲ノ木の海岸にテントを張り、夏休みに子供達とキャンプをしたことがある。噴火湾の中にあるので海は比較的穏やかであった。

江差には開陽丸が復元されたものがある。縮小サイズかと思っていたら、何と実物大であった。これがオランダに発注した当時最新の軍艦だったのかと、唖然とさせられた。

榎本は開陽丸を過信していたのかも知れない。そう考えるのは、私が現代人の眼で眺めるせいだ。当時の人間は誰一人、不足があったとは考えてはいなかっただろう。座礁の危険が伴う遠浅《とおあさ》の江差の海岸、しかも土地の人がタバ風と呼ぶ強い風が吹く。この風の凄さをどう説明したらいいだろう。風があるなしで体感温度にかなりの差が出るほどである。

榎本軍は地の利のことも把握していなかったのだ。

さて、五稜郭に戻るが、そこは小学生の頃、毎年運動会が開催されていた場所として私にはなじみが深い。博物館前には五稜郭戦争で使われた大砲が二基、オブジェのごとく鎮座していた。昼の弁当を食べ終えると、私は悪童どもと一緒に畏れ多くも、その大砲にぶら下がり、またがり、汚い赤土の泥をこすりつけていたのである。

現在の五稜郭は市民の憩いの場になっている。桜の季節は花見客で賑《にぎ》わう。星型の西洋城郭の全貌は近くにある五稜郭タワーから眺められるが、樹齢のありそうな松の樹が往時を僅かに偲《しの》ばせるぐらいで、中にはほとんど何もない。

五稜郭戦争を書く気になれないのは、函館の市民として、あの戦争を肯定しかねるからでもある。榎本軍と官軍がドンパチやって、函館の市民（当時は府民《ふみん》）がどれほど迷惑を被《こうむ》ったかは想像に難くない。資金不足の榎本軍は通行税を取ったり、粗悪な貨幣を鋳造《ちゅうぞう》したりして、とんでもないことばかりやっていた。挙句に五稜郭の箱館奉行所は爆破され、多数の死者を出し、その後片づけは誰がしたのかというと、当然ながら函館の人間である。

ということで、五稜郭戦争をテーマにした小説をまだ書かない私の長い言い訳である。

函館には榎本武揚に因《ちな》む榎本町がある。それから中島町という町名もある。こちらは中島三郎助《さぶろうのすけ》に因む。中島三郎助は下田奉行所の与力をしていた男である。三郎助はかつて長崎の海軍伝習所の第一回生として参加し、勝海舟等とともに造船術や航海術の修業をした。その後、日本人による最初の洋式軍艦鳳凰丸《ほうおうまる》の建造に携わった。いわば近代海軍のエキスパートであった。榎本武揚が江戸脱走を図った際には自分も士気を感じて同行している。この時、恒太郎と英次郎の二人の息子を伴っていた。

なぜ二人の息子を伴ったかと言えば、三郎助は病を得ていて、息子達は父親を一人で行かせることが忍びなかったからである。まことに親孝行な息子達である。

三郎助は箱館においては箱館奉行並《なみ》を任命され、その後、砲兵頭並《ほうへいがしらなみ》になり千代《ちよ》ヶ岱《たい》陣屋（現在の千代台町）の長になる。しかし、官軍はこの千代ヶ岱陣屋に攻撃を仕掛け、三郎助は二人の息子ともども壮絶な爆死を遂げたのである。享年四十九であった。

現在の千代ヶ岱は陸上競技場と野球場になっている。高砂《たかさご》道路という幹線道路のそばに中島三郎助父子の碑がある。西武デパートへ行く時、私はこの碑の近くを通るのだが、何となく、そこだけ冷たい空気が流れているような気がする。

五年ほど前、私は中島三郎助のお孫さんの講演会に出かけた。中島町会館という町内の葬儀や寄り合いに使われる場所で行われた。中島三郎助祭りの行事の一つが、その講演会であったのだ。中島義生《よしお》さんは東洋大学の文学部教授を務められていた方である。三郎助の恐ろしいような面構《つらがま》えとは似ても似つかぬ穏やかな表情の方だった。

義生さんは三郎助の末子与曾八《よそはち》のお子さんである。与曾八は慶応四年の二月に出生した。

この年の八月に三郎助は開陽丸で江戸脱出をしているので、与曾八は父親の顔を知らない。義生さんも与曾八の晩年のお子さんになるので、本来は曾孫《ひまご》でもおかしくないのに孫ということになったと冗談に紛《まぎ》らわせてお話しになっていた。

三郎助は江戸に残してきた与曾八を大層案じていたらしい。「此短刀を与曾八にかたみとして相贈候」の書き出しで始まる手紙を短刀とともに残している。

興味深いところは、手紙と短刀の他に、千代ヶ岱陣屋付近で採集したらしい矢《や》の根石《ねいし》、斧石《おのいし》と名づけられたものを贈っていることである。古代の人々が、矢の先につけて獲物を射るために尖《とが》らせた石であった。してみると、千代ヶ岱の付近には考古学上貴重な資料がごろごろあったと思われる。それも大砲によってこっぱみじんにされてしまったのか。ああ、もったいない。義生さんの講演の際には、その貴重な石も展示されていた。

三郎助は江戸に残した与曾八を案じながら辞世の句を詠《よ》んだ。

あらし吹く夕べの花ぞ目出たけれ
散らで過ぐべき世にしあらねば

俳号は木鶏《もっけい》。三郎助は俳人としても優れた人物であり、俳人木鶏の名は江戸の俳壇にも広く聞こえていた。三郎助は胸を患っていたようだ。よしんば、千代ヶ岱陣屋での爆死をまぬがれたとしても、榎本が官軍に降伏した後の、辛い牢獄生活には堪《た》えられなかっただろう。爆死して果てたのは、ある意味で三郎助らしい。不憫《ふびん》なのは二人の息子達である。弱冠二十二歳と十九歳の若者だった。

しかし、私が三郎助に興味を持ったのは、ひとえにその面構えであった。下岡蓮《しもおかれん》杖《じょう》の撮影による三郎助の風貌は他を圧倒する。武士以外の何者にも見えない。鋭い眼光で睥睨《へいげい》する様は、思わず身体が縮み上がりそうだ。そのような風貌の現代人にはとんとお目に掛かったことはない。江戸の男の顔だとも思う。

函館の坂

函館の坂は西部地区に集中している。

西部地区とは函館山のある方角のことで、坂もすべて函館山へ向かう形になっているものばかりだ。幸《さいわい》坂、魚見《うおみ》坂、大三《だいさん》坂、南部《なんぶ》坂、二十間《けん》坂、チャチャ登り、などという独特の名称がついた坂が二十あまりもある。

函館山は東京タワーとほぼ同じ高さの低い山で、夜景が有名である。市民は冬期間以外、ハイキングを楽しむ者が多い。

坂の名は、それぞれ由来があって、たとえば南部坂は、かつて北方の警備のために派遣された南部藩の陣屋があったことからそう呼ばれるようになったという。

チャチャ登りという変わった名の坂はハリスト正教会と聖ヨハネス教会の間にある狭くて急な坂である。チャチャはアイヌ語でお爺《じい》さんを指すらしい。お爺さんのように背中を丸めなければ登れないからだという。現在は観光スポットの一つで、きれいに整備されている。

坂の由来を聞かされると歴史の重みを感じて、何やら姿勢を正すような気持ちになる。

函館は横浜、長崎とともに幕末から明治に掛けて貿易港として大層栄えた街である。往時の繁栄はもはや歴史書の中だけに留《とど》められ、今は人口の減少に悩む地方都市の典型のような街である。

生まれた時から函館に住んでいても、坂の名はあまり覚えていない。

標柱は坂道の下に建っているが、すぐに失念してしまう。坂は最初は緩《ゆる》やかだが、上に行くほど勾配がきつくなる。途中、息を整え、後ろを振り返れば、もともとは砂州であった形そのままに東へ拡がる町並と青い海が一望できる。その景色を私はいつも美しいと思う。

だが、私は坂道が苦手である。短大を卒業して、最初に就職したのが自動車会社だった。

否《いや》も応《おう》もなく自動車の免許を取らされ、無事に免許証を手にすると、すぐに社用車で外廻りに行かされた。

主《おも》に自動車販売に必要な書類を揃えるためだった。車庫証明は警察署、不動産証明は市役所、譲渡書は他のディーラーである。それに納車、下取り車の引き取りなどでセールスマンのアシストをする。一日中、車に乗り続けていたこともある。人身事故は幸いなかったが、擦《こす》った、ぶつけた、道路の溝《みぞ》に嵌《は》まった、ブレーキが効かなくなった、エンジンがかからないなどのアクシデントは数限りがない。

整備工場に車を持って行くと「またお前か」と、呆れられた。そのお蔭で今でも何とか車の運転は続けていられる。

冬は路面が凍結するので、車で坂を登るのがたまらなく怖かった。客は坂の上に家がある人も多かったので、用事ができると行かないでは済まされない。行ったはいいが、スリップして方向転換ができず、困り果てたこともある。

しかし、若い娘が往生していると、決まってトラックやタクシーの運転手、通り掛かった中年の小父《おじ》さんが親切にも手を貸してくれたのがありがたかった。さしずめ今なら、知らん顔されるところだろう。

以前、函館で暮らしたことのある作家がワイドショーのレポーターを伴って冬の函館を訪れ、ゆっくりと坂道を登っているのをテレビで見たことがある。

作家は冬道の歩き方を心得ているので足許《あしもと》はしっかりしていたが、同行のレポーターは、ずるずると滑ってばかりいて可笑《おか》しかった。

冬道には滑り止めをつけた靴が必要であるし、歩き方にもコツがある。踵《かかと》やつま先に体重を掛けるのは禁物である。足全体を踏み締めるようにして、しっかり歩くのだ。

雪の函館をバックに写真を撮りましょうと私の所にやって来たカメラマンも坂道で見事に転倒して眼鏡を飛ばした。カメラが破損しなかったのが不幸中の幸いである。いや、怪我をしなかったことか。

私が好きな坂は幸坂という坂である。旧ソ連領事館が坂の上に建っていて、そこは長い間、道南青年の家として青少年の育成行事に利用されていた。エキゾチックな外観に比べ、中は和風というミスマッチ。

坂は石畳で、ここからの眺めは和風ではなく、やはり洋風だろう。

坂の一番外れは魚見坂。古い寺と古い民家がひっそりと建っている。民家はどこか洋館の影響を受けたような造りである。この界隈に足を踏み入れると時間が止まったような気持ちにさせられる。

外人墓地に向かう通りには仏花を売る店が多い。猫がゆっくりと通りを横断するのも目にする。

この界隈は、やけに夕陽が美しい。何も彼も茜色《か》に染まって見える。それは何かの代償のようにも思えるが、その何かは、私にはわからない。

新川慕情

家のすぐ近くに川がある。駅前方面に出かけるためには、この川に架《か》かる橋を渡らなければならない。

行って戻って、また行って。

恐らく数え切れないほど私は通行したはずである。川を渡る時、普通の道路を歩くのとは違う一種独特の思いになるのはなぜだろう。

川の流れがそうさせるのだろうか。

橋の向こうにはさらに橋が二つあって、その先は海へと繋がっている。その川は河口に近い。天気のよい日は下北《しもきた》半島の青い島影が見える。

私はその川を新川《しんかわ》と呼んでいるが、いつの間にか亀田《かめだ》川という看板が川岸に立てられ、今では亀田川となってしまった。海の傍《そば》にある中学校も最初は新川中学校という校名だったが、今は宇賀《うが》の浦《うら》中学校にとって代わった。

私が新川を渡る時の橋は千歳《ちとせ》橋という名がついている。この橋の袂《たもと》に、かつては数軒の掘っ立て小屋が並んでいて、中に人が住んでいた。何でも昭和の初めに起きた函館大火で家を失った者が自然に住み着いたと言われていた。護岸工事が始まる時、彼等は追い払われたが、二軒だけはかなり抵抗していたと記憶している。

千歳橋を越えると、目の前にNTTのビルがそびえ立っている。このビルの横を通る時、強いビル風に煽《あお》られる。自然、身体は前かがみになる。

私は新川が亀田川となった経緯《いきさつ》を知らない。もともとは亀田川であったからなのだろう。近所の人間も相変わらず新川と呼んでいる。

函館は江戸時代の中頃から急速に開発が進んだ街である。南北を貫く亀田川は庶民の生活を支える川でもあった。だが、その当時の亀田川は洪水を度々起こす厄介な存在だった。函館の中心は当初、西部地区にあった。

そこは亀田川とはかなり離れている。西部地区の人々は飲料水の確保に苦慮していた。

洪水の緩和と飲料水の確保のために新たな水路を作る計画が持ち上がる。この立案者が青森の願乗寺《がんじようじ》の住職、堀川乗経《ほりかわじようきよう》だった。なぜ僧侶が治水工事に関わるようになったかと言えば、彼は安政四年（一八五七）、布教のために函館に訪れ、西部地区の人々の問題を解決すれば布教に弾《はず》みがつくと考えたからだ。

安政四年と言えば、三年前に日米和親条約が締結され、各地の港が開かれつつあった時代である。函館もいち早く開港した土地だった。

乗経は治水工事の専門家松川弁之助《べんのすけ》に新たな水路の設計を依頼する。その一方、七千三百両の工費の捻出のために檀家や函館の商人に寄付を募《つの》った。乗経が所属する真宗本願寺の本山からも援助を受けた。

こうして亀田川の途中から函館山方面に向けて二・七キロに及ぶ川が完成した。箱館奉行所は新たな川を新亀田川と名づけたが、人々は乗経の功績を称《たた》えて願乗寺川と呼んだという。

乗経の多大なる努力にも拘《かかわ》らず、願乗寺川の役目は意外にも三十年で終わった。願乗寺川は飲料水の供給と函館港への交通の便の役割を果したが、伝染病が発生したり、川の流れが函館港を土砂で埋めたりした問題も多かったからだ。

明治に入って水道工事が完成すると願乗寺川は埋め立てられてしまった。その後、亀田川も護岸工事が進み、洪水が起きることもなくなった。

堀川乗経は治水工事の功績により、東本願寺別院の初代輪番《りんばん》に就くも、五十五歳で没している。函館に堀川町という町があるが、それは乗経に因《ちな》む唯一のものなのかも知れない。

行って戻って、また行って。

私は今でも新川を渡っている。川を見つめ続けたことは私にどのようなことをもたらしたのかと時々考えることがある。

後年、時代小説を書くようになると、江戸の掘割《ほりわり》の描写は欠くことができないものとなった。掘割は人々の暮らしに密着していたと思う。小さな堀を越えて人々は隣町へ行く。

時には来《こ》し方行《かたゆ》く末《すえ》を思う。金の工面を考える。愛しい人の面影を浮かべる。水の流れは、人々の思いには格好の背景となった。そうした描写をする時、私の脳裏には新川がすぐに浮かぶ。小説の登場人物の視線は千歳橋から新川を見つめる私の視点に外《ほか》ならない。

行って戻って、また行って。

恐らく死ぬまで、私はこの川を渡り続けるだろう。そして、その風景は私が死んだ後も続くのだ。生まれてから一度もよそで暮らしたことのない私は原風景の中にいつまでもいる。時々、橋の欄干に鷗《かもめ》が羽を休めている。憎々しいほど図体の大きな鷗だ。見つめる私にも自然に笑みがこぼれる。東京ではあまりお目にかかれない牧歌的な景色である。

私の原風景も時代とともに少しずつ変化しているようだが、私はなかなかそれに気づかない。新川の水の流れが昔と変わらないせいかも知れない。

ザ・お国自慢

テレビの旅番組で函館が紹介される機会は多い。坂道、教会、朝市、路面電車、温泉。

旅行者の目で眺める函館は異国情緒を感じさせるロマンの街であるらしい。

朝市にはイクラ丼やウニ丼、イカそうめんを食べさせる店が軒《のき》を連ねている。東京からやって来る編集者は、おいしい物が食べられていいですね、と世辞を言うが、函館の人間が毎日のようにイクラやウニを食べている訳ではないのだ。第一、私はウニもイクラも、さほど好まない。丼なんぞにしたら、生臭くて閉口するというものだ。イカそうめん？　あれは邪道である。地元の人間はショウガと生醤油《きじょうゆ》で食する。ま、観光用と思えば腹も立たないが。

歴史的に見た函館は、言うまでもなく戊辰《ぼしん》戦争の最後の拠点である。新撰組の副長、土方歳三の終焉の地でもある。歳三の供養塔がある称名寺《しょうみょうじ》では一年中線香の煙が絶えないという。

イケメン歳三は死んでもモテる。

だが、榎本武揚率いる旧幕府軍が最後の抵抗を試みた五稜郭《ごりょうかく》は、今では松と桜の樹が生えているだけの、がらんどうの広場だ。ほとんど何もない場所である。入場料でも取ったら詐欺に等しい。近頃、箱館奉行所を復活させようという動きがある。それができたら少しは格好がつくのだろうか。わからない。

私の家から函館山が見える。いや、市街の少し小高い場所なら、どこからでもこの山が眺められる。好きも嫌いもない。函館に函館山がなければ意味がないとさえ私は思っている。別名、臥牛山《がぎゅうざん》。牛が寝そべっている姿に似ているため、この名がある。

標高三百三十四メートル。私にとって、高さの基準は、この函館山なのだ。東京タワーは三百三十三メートル、長崎の稲佐山《いなさやま》も三百三十三メートル。函館山と、ほぼ同じ高さである。東京と長崎が好きな理由は、案外、この高さに関係するのかも知れない。函館山と同じような高さのものがあるというだけで訳もなく安心してしまうのだろう。

三つの場所の共通点は夜景。函館山の夜景も掛け値なく美しい。香港には負けるわね、と嫌味《いやみ》を言った編集者もいたけれど……。

他に同じような高さの場所があったら教えていただきたいものである。きっと私は、その場所が好きになると思う。

ところで、私は、いったい何を書こうとしていたのだろうか。ああ、お国自慢ね。ええと、ええと、そんなものはありません。

函館の本屋さん

小説家の思い出に書店が入らない訳がない。

書店は、いや、私は本屋、もしくは本屋さんと呼んできた。なじみの本屋さんは函館の駅前商店街にある森文化堂《もりぶんかどう》である。

昔は大小にかかわらず本屋さんがあちこちにあったものだが、デパートに入っている店を除けば、その近辺で店を張っているのは森文化堂だけになってしまった。森文化堂を贔屓《ひいき》にしていたのはツケが利いたからだ。父は青函連絡船に勤務する国鉄職員だったが、なかなか勉強熱心な人で、毎月仕事に関係する雑誌や実用書を森文化堂から取り寄せていた。その縁で、ほしい本があれば住所と名前を言えば、お金がなくても読みたい本を手にすることができた。

だからと言って、何冊も自由に購入できた訳ではない。一冊か二冊だったら母も文句は言わないが、それ以上になると「いい加減にしなさい」と小言がきた。

私が小説家としてデビューできた時、母は得意満面で、「娘には惜しみなく本を与えた。お金にして百万円ほどは遣《つか》っただろう、小説家になれたのは自分の協力があったからだ」と、他人に言っているのを聞いて大喧嘩になったことがある。

惜しみなく本を与えれば、子供はみな小説家になれるか。百万だ？　どうすればそんな金額になるか、馬鹿なことを言うなという訳だ。

妹はそばで黙って話を聞いていたが、「そうよねえ。お姉ちゃん、本を買い過ぎるって、いつも怒られていたもんね。だけどさあ、言わせておけばいいのに」と後で言った。

言わせておけば、母はどこまでも誇大妄想的な発言がやまない人だ。私は断じて百万円も本に遣っていない。

小説家になって一番嬉しかったのは本が自由に買えることだ。小説家は本代が経費として認められているので、いくらでも遣える。

そうは言っても、長いこと主婦をしてきたので、何でも彼《か》でも買い込むということができない。ちょっとした編集者なら、私よりよほど本にお金を掛けていると思う。

たまに資料その他で七、八千円にもなると、何やら後ろめたい思いにとらわれる。専業主婦の時は、単行本は図書館で借り、お金を出して購入するのは文庫本一本やりだった。

私の単行本はさほど部数が伸びない。しかし、文庫本になるとこれが違ってくる。

私は内心で主婦層がお買い上げくださるからだと思っている。文庫本にする時は再度校正をして、より完成度の高いものになっているので、文庫本の読者はその意味でも利口だと言えよう。私は本屋さんの文庫のコーナーに自分の作品がずらりと並ぶ光景を夢見る。

それまで、まだまだ時間が掛かるので、なお一層精進しなければならないだろう。

ところで、私の最初の本が刊行された時、父はそっと本屋さんを廻ってくれた。私は恐ろしくてとてもできなかったからだ。家に帰って来た父は、どこを探してもお前の本は影も形もないと言った。そんな馬鹿な。発売日はとっくに過ぎているのに。しかし、それは本当だった。ひと月が経《た》っても、私は自分の本を本屋で見ることはできなかった。

ある日、森文化堂の店員に勇気を出して訊《き》いてみた。全くの新人の本など取り寄せないのかとも思っていた。答えは意外なものだった。売り切れたので、新たに注文しているところだ、もう少ししたら店頭に並ぶだろうと。

その通り、しばらくすると店の入り口のコーナーに平積みされた。地元の作家だから応援してやろうという配慮も感じられた。

森文化堂を出ると、涙がこぼれた。心底嬉しかった。その気持ちを決して忘れまいと心に誓ったものだ。

森文化堂は私の新作が出ると、今でも一番いい場所に置いてくれる。地方作家は地元の本屋さんにも後押しされているのである。

残念ながら森文化堂も大型書店の進出で閉店してしまった。寂しいこと、この上もなし。

ささやかな願い

いよいよ二十一世紀である。年頭に当たり、さまざまな展望を試みようとするも、さして気の利いた考えは浮かばない。だいたい、私はまともに日本の将来だとか、国家、政治、経済などを考えたことはないのである。社会の混乱にも格別の憤りを感じたことはない。なるようにしかならぬ、という呑気《のんき》な体質は昔からでき上がっていたようだ。

人々は新世紀を迎え、あたかも別の世界が開けたような錯覚をするが、何も、何ほども変わりはないのである。ただ、新しくしたい、今の状況を変えたいと真に欲する気持ちが次の展開の弾みになるだろうと、漠然とは思う。

一九〇一年、まさに二十世紀が始まった明治三十四年もまた、人々の間に新世紀への期待が大いに高まっていた。労働者の生活を向上させようとする運動が盛んに行われたことを考えると、この頃も世の中は不景気であったのかもしれない。

京浜電鉄が開通しては死活問題であると、沿線の人力車夫が工事の延期を申し出ている。「ストライキ節」なる唄《うた》が流行したのもこのころである。人力車は明治三年（一八七〇）あたりから一世を風靡《ふうび》した明治のタクシーであった。辻駕籠《つじかご》から人力車に移ったのが世の流れであるなら、人力車から自動車にとって代わるのもまた世の流れである。

さて現実に戻り、私の周りでは失業者が多い。一年以上も職に就いていない者がいる。それでも食べていけるのは、そばにいる女性がしっかりしているからである。本当に函館の女性は意地が強く、行動力もある。しっかり働きながら自分を磨くことも忘れない。小ぎれいな洋服に身を包み、ちゃんと化粧をしている。まあ、全部が全部とは言わないが、少なくとも私の知人、友人たちは皆、そうだ。

スッピン、汚い普段着の格好で市場やスーパーを徘徊《はいかい》するのは私ぐらいのものである。

二十一世紀もまた、函館・道南では女性の力に大いに励まされることであろう。東京に出て行くと、函館がよく見える。観光都市を謳《うた》い文句にするならば、接客態度に大いに問題があると言わなければならない。

市場で粗悪品を売りつけられたという話も後を絶たない。本当に恥ずかしいことである。

しかし、昔から知っている海産物の店でイクラやタラコ、珍味などを調達して土産にすると、ものが違うと感心されることしきりである。どうせなら喜んでもらいたい、感心してもらいたい。一人一人の誠実を心がける気持ちが集約して街の発展に繋《つな》がるのだと思う。

函館を訪れた人々は概《おおむ》ねこの街を気に入ってくださる。地元に住んでいる者にとって、どうということのない景色が彼らには新鮮なのだ。地元の人間は、もっと函館を、近郊の町々を誇りを持って愛してほしいと思う。これが二十一世紀を迎える私のささやかな願いである。

ふるさとまとめて花いちもんめ

函館生まれの函館育ち。一度も他の土地で暮らしたことがないといえば、大抵の方は驚かれる。一度も？　一度もないのですかと確かめるように訊《き》く。

それが本当なら江戸の町を背景にした小説をどうして書けるのかと、半ば怪しむような眼になる。無理もないことである。

高校生の頃、隣の席に座っていたK君が、昼休みに私の顔をしみじみ眺めながら「お前なあ」と口を開いた。K君は札幌の南高校に通っていたが、留年したために函館に転校して来た生徒だった。だから同級生であっても彼は私より一歳年上だった。札幌南高校は進学校として有名な学校だったので、そこに合格したK君は、頭は悪くなかったはずだ。

留年したのは、ひとえに彼の怠惰な性格のゆえだろう。函館で下宿生活をしながら何とか卒業に向けて頑張っていた。下宿の小母《おば》さんが作ってくれる弁当は烏賊《いか》の煮付けや佃煮の類《たぐい》が多かった。私の母もさほど料理の上手な人ではなかったが、それでも卵焼きやウィンナー・ソーセージぐらいは、いつも入っていた。私はK君のブック弁当に「ほいっ」という感じで卵焼きのひと切れをお裾分けすることがあった。いつもは拗《す》ねたような顔をしているK君がその時だけ無邪気な笑顔を見せたものである。

そのK君が私に「お前は函館で生まれて函館で育ち、函館の男と結婚して函館で死んで行くんだろうなあ」と言ったのだ。何を根拠にそんなことを言うのかと思ったが、なぜか反論できなかった。自分のその後の人生がひどくつまらないものに思えて仕方がなかった。

高校卒業後、私は一度もK君と会っていない。札幌に戻り、そちらの大学を卒業して、お父さんの経営する不動産会社を手伝っていると聞いたことがある。K君がスポーツカーの助手席に彼女を乗せ、札幌の街を派手に飛ばしているのを見た者もいた。もしかして、不慮の事故で亡くなったのはK君ではなかっただろうか。いやいや、それはわからない。確かめるのもいやだ。しかし、K君の予言は見事に当たり、私はその通りの人生を歩んだ。

K君の予言と私が小説書きになったことは、直接には繫《つな》がらない。多分、東京へのあこがれが形を変えて私に江戸の物語を作らせたのだろうと考えている。

函館の街に固執している訳でもない。K君に負けずに怠惰な私は他の土地で生活することが大儀《たいぎ》だっただけである。幸い、ファクシミリ、その他の通信網の発達で東京に出なくても小説を書ける状況になっている。私が相変わらず函館に居続けている理由でもある。

斜陽の街は覇気《はき》が感じられない代わり、東京のように気ぜわしくもない。函館は私にとって、ふるさとであると同時に、今も暮らす場所なのだ。ふるさとという言葉を口にすると、幼い頃、友達と路上で遊んだ歌が不意に蘇《よみがえ》る。

ふるさとまとめて花いちもんめ
あの子がほしい
あの子じゃわからん
……ちゃんがほしい
じゃんけんしょ　あいこでしょ
勝ってうれしい花いちもんめ
負けてくやしい花いちもんめ……

函館に住むことは花一匁《はないちもんめ》ほどの価値もあろう。K君の予言通り、最期は函館で死ぬことになるだろう。今は、それがいやではない。

第7章　読書三昧

青春の一冊 ——『青春前期』

私は、ただ今こそ時代物の小説を書いているが、何も昔からこの分野の小説ばかりを読んでいた訳ではない。むしろ、時代小説にままある泥臭さに辟易《へきえき》していたような気がする。

おおかたの人々がたどる読書遍歴を、私もまた普通にたどって来たのであって、そこには特筆すべきものはなかったと思う。いやむしろ、読書量は少ない方だったろう。

幼い頃は母親が寝しなに語ってくれた昔話に親しみ、小学生になるとキュリー夫人や野口英世等の伝記、荒唐無稽な『ガリヴァー旅行記』を愛し、中学生ともなれば少女小説に夢中になった。

先日、同世代の女性編集者と少女小説の話で盛り上がり、なつかしや、吉田としさんの『青いノォト』が出てきて感激した。

ちょっとした変化は高校時代にあった。どういう訳か、私の周りの同級生達は揃いも揃って読書家が多かった。ヘミングウェーやドストエフスキー等を早くも読破していた者はざらで、昼休みに『風と共に去りぬ』を読了し、小鼻を膨《ふく》らませて「読んだ！」と快哉《かいさい》を叫んでいた女生徒を目撃したこともある。

放送禁止になったザ・フォーク・クルセダーズの『イムジン河』（二〇〇二年復活）が文化祭時期の校舎に流れていた。それから数年後、仲間の何人かはゲバ棒を振って学生運動に突入していったのだ。思い出せば切ない。

今や団塊の世代はものわかりのよさそうな親父顔、オバン顔をしているけれど、胸の奥には体制に反発する気持ちを常に抱えているんだぜ。

当時、なかよくしていたA子の家に遊びに行った時も大層驚かされた。本棚に岩波文庫がびっしりと並んでいたのである。

「これ、全部読んだの？」

訊《き》くと「うん、そう」と、あっさりと肯《うなず》いた。学校の成績は常に上位で、しかもアイドルのタレントに似ていると評判だったA子。

何だか嫉妬を覚えた。

「でもね、一番好きなのは『赤毛のアン』なの」

夢見るように言い添えたことで私の気が少し楽になった。ドストちゃんが最高よ、

などと言われたら、ショックで立ち上がれなかったと思う。(うそだけど)

A子の家からの帰り道、私ももっとたくさん読まなければと決心した。しかし『誰がために鐘は鳴る』途中放棄、『赤と黒』同じく途中放棄、『風と共に去りぬ』も同じく。『自由への道』は第一部の「分別ざかり」だけ読了。二部三部はやはり放棄だった。

だいたいサルトルって作家はおかしい。二日やそこいらのでき事を本一冊の長さにするか? しかも難解で、私は半年もの時間を掛けなければ理解できなかった。さらに驚くべきことは、フランスで『自由への道』は通俗小説の扱いだとか。世界は広いとつくづく思った。しかし、こういう修業(?)をした後では教科書に載せられていた小説が何と素直に響いたことか。芥川の『芋粥』はしみじみよかった。人に馬鹿にされても「いけぬのう、お身たちは」と、さり気なく注意するだけの五《ご》位《い》。ああそうか。私は海外文学の反動で日本の文学に目覚めたのだろう。

さて、そんな私に、ひそかに初恋のような一冊があった。『青春前期』がそれだ。若い方は、ほとんど初めて目にする作品だと思う。

作者、若杉慧《けい》さんは少年少女小説を旺盛に書かれた作家であり、もうその名を知る人は六十代か七十代であろう。だいたい『青春前期』の初出は昭和二十九年と、かなり古い。角川文庫に纏《まと》められていたが、現在は絶版となっているようだ。『青春前期』は少女小説より少し成長した青春小説と言うべきだろうか。しかし、物語の内容は決して明るく楽しいものではなかった。

一人の女子高生、河合奈津子が暴漢に凌辱《りょうじょく》されたことに端を発し、両親は世間体を憚《はばか》り、奈津子の担任の教師は高齢になってようやく生まれた息子に気を取られて適切な指導ができない。それどころか、奈津子の事件を部外者にまで、ひそひそと口外する。気の毒なのは当事者の奈津子。やがて死を決意するまでには、時間は掛からなかった。そこに現れたのが広島出身の転校生椎《しい》ノ木《き》武志である。彼は奈津子を助けるべく立ち上がると同時に、奈津子をめぐる大人達への反撃を開始する。武志の担任の青戸《あおと》閏子《じゅんこ》と武志の叔父が味方なのが僅かな救いだった。武志は、もう目《め》眩《まい》がするほど男らしかった。戦後世代の若者の胸のすくような青春ラプソディーだ。若杉慧さんは私に魅力的な男性の型《かた》を教えてくれた人である。椎ノ木武志は真に私の初恋の人だと断言できる。武志の愛読書（小説の中で）が『自由への道』だったと言えば、私が無理をしてそれを読んだ理由が腑《ふ》に落ちるだろう。

この稿を書くために、私は久しぶりに『青春前期』を本棚から取り出した。紙の色は褪《あ》せ、表紙も散逸している。だが、私にとって大事な愛しい一冊であるのは変わりがない。

十代の人間には、それにふさわしい読み物がある。同じように二十代の女性にだって、

少女小説も若者風俗を活写した小説も、だから私は否定しない。そこから次の段階の作品に進んでいければいいのだから。要は読んで楽しめることが肝腎なのだ。

後年、若杉氏の訃報が新聞に載った時、私は写真の禿頭《とくとう》を指先でしみじみ撫でた。悲しかった。

・

少女小説から脱皮して――『青いノォト』

茫々《ぼうぼう》と時が過ぎ、齢《よわい》五十五である。子供の頃から今日までを振り返り、読み散らした本の数々の中からたった一冊を限定するなどは至難の業《わざ》だ。

もの心がついて最初に私の前にあったのは日本昔話の類《たぐい》だ。桃太郎、金太郎、浦島太郎、かちかち山。だが、諧謔《かいぎゃく》に満ちた物語の中に、私はどこか悪意のようなものを感じていた。たとえば浦島太郎。亀を助けて龍宮城に連れて行かれたのは亀の

恩返しだろう。だが、里へ戻った浦島太郎は驚くほど時が過ぎたことを知らない。それを知ったのは玉手箱を開けてからだ。浦島太郎はその時、何を思っただろうか。私はただ、彼が気の毒だった。

小学生の頃、心魅《ひ》かれたのは偉人伝だった。野口英世、キュリー夫人、エジソン、フォード、久留米絣《がすり》を考案した井上伝《でん》の名も覚えている。中学生になると漱石、芥川、鷗外の作品を読んだ。高校生の時はヘッセ、サルトル、サガンと、外国作品が気に入りだった。こうして考えると私の読書体験は、まことに凡庸《ぼんよう》で何らの特殊性も認められない。

と、ここまで書いて、突然、私はとても大事にしていた一冊があることを思い出した。吉田としさんの『青いノォト』だ。ノートではなく、ノォトとなっているところが時代を感じさせる。吉田さんは少女小説をたくさんお書きになった方だ。

そうだ。私は小むずかしい小説よりも少女小説を愛していたのだった。多くの読書遍歴の末に時代小説に帰着したのではない。私は少女小説から脱皮して今日に至っているのだ。しかし、それほど大事な作品なのに手元には残っていない。主人公の名前も名字しか思い出せない。私は年を取ったのだ。

万年青年、永倉万治――『大青春。』

数年前、NHKのテレビの番組で永倉万治さんがゲスト出演しているのを見た。その日のテーマは健康についてだった。彼は高血圧性脳出血による右半身マヒのため、一年ほど闘病生活を余儀なくされた。そのことを語ってもらうのが番組の主旨だった。

昭和二十三年生まれの彼は私とは一歳しか違わない。四十そこそこで（発症当時）アタルのかと驚いてもいた。脳溢血《のういっけつ》症状が現れるには若過ぎるような気がしたのだ。

働き過ぎ、ストレス、酒、煙草、不規則な食事、睡眠不足……あらゆる要因はすべて彼に当てはまった。そうして突然にそれは起こった。

彼は四ツ谷駅のホームで倒れ、そのまま救急車で運ばれたのである。奥様の驚きと動揺は察して余りある。

永倉さんはその時のことを淡々と話した。

明るい話し方だった。湿っぽさがない。それは無理をしてそうしているのではなく、彼の本来持っていた性格によるものだと思った。

こいつ、いい奴かも知れない。私はふと思った。こいつというのは失礼千万なのだが、私は最初に彼の表情を見た時から高校時代の同級生に寄せるような親しみを感じていた。

同世代と教えられたせいかも知れない。

クラスには決まって彼のような生徒がいた。

頭は格別よくもないけれど、悪くもない（あの、これはものの譬《たと》えですからね）。時々、おもしろいことを言ってクラスを沸かせる奴。

文化祭になると、やたら張り切って体育館のステージで胴間声でビートルズやボブ・ディランを熱唱する奴……。

私には永倉さんがそのタイプに思えて仕方がなかった。昔のことを思い出すと、憧れ続けた彼氏の顔と一緒に、そんな人気者の顔も同時に甦《よみがえ》る。あいつ、どうしている？　クラス会が開かれると誰もが人気者のその後を気にする。なぜか、そういう奴に限ってクラス会には滅多に現れない。上《うわ》っ調子は相変わらずで、高校時代と同様に仕事に遊びに東奔西走している。

って言っていた。

万ちゃん、忙し過ぎたんだね。私はなれなれしくも、そんな言葉をテレビに向か

永倉さんの日常生活も、その時、紹介された。自宅近くの公園を散歩する彼をカメラが追う。ステッキを使って彼はひょこひょこ歩いた。存外に足取りは速い。公園に着いてベンチに腰を下ろすと、彼は安心したようにふっと笑った。邪気のない笑顔だった。

それまではなんでもなかったのに、彼の笑顔を見せられた途端、私の眼から噴き出すように涙が溢れた。そのことについては今でも説明ができない。

彼の書いたものを読んでみようという気持ちになっていた。それが永倉万治の作品に触れる発端であった。

私の期待は裏切られなかった。彼はエッセイの、実に名手であったのだ。

『今年もアッという間に一年が終ってしまう。本当に早い。嘘みたいだ。こんな風にして老いぼれて、アッという間に死んでしまうのかと思う。多分、そうなんだろう。

そのいっぽうでは、人の一生というのはけっこうダラダラ長いという印象もある。両方とも正しいという気がする』

（『神様の贈り物』所収「新聞を読まない少年」より）

平易な文章である。わかりやすい。無駄がない。エッセイとは、すべからくこうありたいものだ。それでいて、ものごとの核心を結構ズバリと突いている。それを見習えとばかり、高校の現代国語の教科書には彼の作品が掲載されているのだ。

大学の入試問題に彼の作品が取り上げられたらおもしろいと思う。

本書においても、その独特の語り口は余すところなく発揮されて読者を引きずり込む。永倉ワールドだ。

「大青春」とは誰に向かって発せられた言葉であろうか。多分、かつて青春とは自分達のものだと考えていた永倉さんを含む（私もだけど）中年諸君と、まさに青春まっただ中にいる若者に言っているのだろう。

五木寛之氏の『青年は荒野をめざす』が一世を風靡《ふうび》していた六〇年代。

あの作品の影響でナホトカ経由バイカル号に乗ってヨーロッパを目指した若者が何ほどいたことか。永倉さんもその一人だったのだろう。私はそんな勇気はなかったから、五木御大《おんたい》の住む金沢に行って、御大と同じ空気を吸っただけだったけれど。

ヨーロッパ放浪が今日の永倉さんを造ったことは紛れもない。

戦後生まれの我々を「団塊の世代」と呼んだのは堺屋太一氏である。日本の高度成長期の岐路に立たされた世代なのだ。テレビの出現に興奮し、ビートルズの音楽に啓発され、学生運動で古い体制と戦った血の気の多い世代。

団塊という言葉を聞いて、私は咄嗟《とっさ》に駅の傍に山積みにされていた石炭を思い浮かべたものだ。

真っ黒で触れたらすぐに手が汚れてしまう石炭は、しかし、火力においては長く燃料として使われた歴史を例に挙げるまでもなく優れていた。

燃やしに燃やした石炭は、今や石油とガス、電気にその立場を置き換えられている。しかし、あのカッと燃えるエネルギーを忘れたくない。

テンション高く雄叫びを上げる永倉さんは、まさに石炭なのだ。

彼の語る過去の一つ一つが懐かしい。知らないことは何もない。本書における「名犬ラッシー」のジェフ少年も、「若者たち」という青春ドラマも。私はジェフ少年のママが着ていた木綿のシャツドレスが好きだった。

永倉さんは呆《あき》れるほど鮮明に過去を覚えている。覚え続けている。その記憶力は舌を巻くほどだ。アチャコ・伴淳の「二等兵物語」はともかく、タンゴの藤沢嵐子《らんこ》という名前を出されて、私の手はわなわなと震えた。その名は記憶の遥か彼方に葬り去られていたものだ。おお、あの巻き舌。タンゴの藤沢嵐子よ。純喫茶にはなぜか熱帯魚の泳ぐ水槽があったというのも至言《しげん》である。なぜに彼はそのような埒《らち》もないことを覚えているのか。記憶を呼び覚まされ、過ぎ去った日々に思いを寄せる時、間違いなく大中年は春青の匂いを嗅《か》いでいるのだ。ああ、確かに我々には青春の日々があったのだと。

斜め四十五度に視線を投げはしないけれど、私も一刻《いっとき》、その日々に思いを馳《は》せ、遠い所を眺める眼つきになるのだ。

思うに永倉さんは幸福だったのだ。ヨーロッパを放浪している時に将来を考えて途方に暮れようが、金のないことをぼやこうが、女にもてないことで嘆こうが、生まれた時から今日まで彼は幸福だったのだ。

あの厄年のアクシデントまでが彼の幸福に加担しているのだ。その証拠に闘病記までも『神様の贈り物』とタイトルを打って語っているではないか。

私の夫の姉は永倉さんと同じ病に倒れている。退院して一年以上になるが、未だ言葉は片言の域を脱していない。永倉さんの回復力は私に言わせれば、ほとんど超人的でさえあるのだ。

読者はこのことを肝に銘じるべきである。

人は自分にできない能力を持っている者に対し、才能という言葉で簡単に片づけたがる。

小説を書けば才能があるから。ピアニストもバイオリニストもギタリストも才能があるからできることか。そうではあるまい。

私は努力を楽しめる人間こそが才能のある者だと思っている。永倉さんの血の出るようなリハビリを我々は知らない。彼は苦悩を語らない。それは語るべきことではないと彼は考えているのだ。それを語ってどうなるの。彼はクールに考えているはずだ。読者の気が惹かれることだけをおもしろおかしく語るだけなのだ。

真実みごとな男である。彼こそ才能のある男と私は呼びたい。生きる才能のある男である。

自分の足で歩いた下町ガイド ――『江戸の快楽』

下町情緒という言葉を聞くと、何となくそわそわしてしまう。そこには決まって親しみやすさと、ある種の懐かしさがある。それでいて粋があり、色気も感じる。

不思議な感情である。

本書『江戸の快楽』には、その下町情緒があふれんばかりに満載されている。添えられている安井仁氏の写真も実にいい。

著者荒俣宏氏はＳＦの世界で広く名の知られた方である。その彼が江戸の下町情緒を追いかけるというのだから意表をつく。荒俣ファンはさぞや驚かれることだろう。
と思っていたら、洩《も》れ聞くところによると、今まで彼がものして来たテーマは博物学に図像学、世界の奇人・変人伝、日本中の巨樹珍木、果ては風水と多岐にわたり、とても決まったジャンルに収まり切らないということであった。

そういう御仁なら、何が出て来たところで、ファンもさほど驚くまいと納得した次第である。まあ、彼の存在そのものがＳＦなのだろう。

それはともかく。サブタイトルに「下町抒情散歩」とあるので、これは下町情緒に興味のある読者へのガイドブックとして読める。

この手の本は他にも出版されていると思うが、『江戸の快楽』の特徴は著者独特のこだわりが随所に見られることだ。添えられているエピソードがおざなりではない。自分の足で歩いて得た確かな情報を提供してくれる。

『江戸の快楽』は三部で構成されている。第一部は「日本橋異聞」、第二部は「人形町そぞろ歩き」、そして第三部は「隅田川のぼりくだり」となっている。この一冊を読んだだけで、かなりの下町通となることは間違いない。

荒俣氏はお仲間と下町散策をたっぷりと味わい、それから文章にされた様子がわかる。

その淡々とした筆の進め方は、まさしく歩く速度である。だからとても居心地がよいのだ。

最近、私は地元のデパートで開催された江戸東京老舗展で「伊場仙《いばせん》」という団扇《うちわ》屋さんから扇子を求めた。扇子は毎年のように買っている。酔っぱらって飲み屋さんに忘れてしまうことが多いからだ。お酒を飲むと身体がほてるので扇子をぱたぱたやるのである。

だが、この扇子、きっぱりと開かないと気持ちが悪い。端の方がでれっと戻るようではいけないと思う。「伊場仙」の扇子はきっぱりと最後まで開き、臙脂《えんじ》の煙管《きせる》を散らした柄も粋であった。久しぶりに気に入った扇子を手に入れたと喜んでいたら、その「伊場仙」の名を本書の中に偶然見つけた。

『紙と竹でつくる現在と同型の団扇は江戸時代半ばころにあらわれた。したがって

「江戸団扇」とも呼ばれる。伊場仙は浜松から江戸へ出た商家で、はじめは地場産業の紙と竹を扱っていたが、のちに錦絵版画を刷りこんだ色あざやかな団扇を売りだし、成功をおさめたという。伊場仙の歴史はそのまま江戸団扇の歴史として通用するわけだ』（第一部⑤「江戸職人芸――伊場仙の巻」より）

「伊場仙」の歴史がそのまま江戸団扇の歴史、というくだりに畏れ入る。私が何気なく扇子を求めた団扇屋さんが四百年も続いた老舗であったとは。こういうことを教えて下さる方はなかなかいない。だから、どうしたと言われても困るが、こういうことは知らずにいるより、ちょいと知っていた方がいいに決まっている。

特に世間知らず、もの知らずの私にはありがたい。

両国にある旧安田庭園には昨年の暮れに訪れた。かつては大名家の下屋敷であった。屋敷の方はすでにないが、日本庭園がそのまま残されている。ここの池が潮入りであるという。

『ここは今でも水道水と雨水の力で水位を上げ下げすることができる。墨田区が潮入りを再現するために大工事をほどこし、滝から池へと水をいれ、また水位を落とす目的でつくられた排水口は、地下の大貯水タンクへと池水を落とす仕組みになっている』（第三部⑨「庭園巡り」より）

かなり専門的な解説もついている。ただ見学していた私が池の下に大きなタンクがあるなどと、どうして想像できようか。

現在と過去を結び、江戸と東京をつなぐ土地として日本橋の下町を著者は勧める。しかし、これから十年後、二十年後、この町に下町情緒が残り続けるかどうかは、はなはだ心許ない気がする。

日本橋の上に高速道路を通らせてしまった経緯を私は詳しく知らない。しかし、都市の発展のために、あえてそうせずにはいられない事情がこれからも生まれるだろう。今の内です、と荒俣氏はおっしゃっているように思えた。今の内に見ておきなさいと。

さて、本書を斜め読みしてＳＦの大家《たいか》荒俣氏と江戸との関連を探ってみたくなる。下町情緒は江戸情緒。現在を中心に近未来が存在するとすれば、江戸という近過去もまた存在した。荒俣氏にとって、この距離はどちらも等間隔に相当すると思われる。それゆえ、どちらにも気軽に行けるのだ。

ともあれ、下町情緒には現代の日本人が忘れている何かがある。それは現代生活から比べると極めて効率が悪く手間隙《てまひま》がかかっているように見えるのだが、機械まかせでは決して生まれない、ぬくもりと確かな安心感がある。それはまた人間の優れた五感と長年の熟練の上にしかなり立たないものでもある。

そうそう、私は最近、歌舞伎に凝り始めた。お相撲見物のお誘いも受けている。私の下町散歩も始まったばかりである。最後に荒俣さん、『江戸の快楽』の快楽を私は江戸風に「けらく」と読みたいのだが、それはいかがでしょうか。

学校では学べない ——『江戸の色ごと仕置帳』

私は江戸の資料を読むことが好きだ。しかし、ぶあつい本は苦手で、もっぱら新書や文庫になっているものを利用することが多い。

まあ、ちゃんとした文献に当たらないから、お前の時代考証はいい加減なのだと、ご指摘もあるが、読みやすさの点では、これに勝るものはない。

旅行に出る時は、そうした一冊をカバンの中にしのばせ、時間の空いた時などに読んでいる。

本書『江戸の色ごと仕置帳』もコンパクトな新書となっている。著者、丹野顯《たんのあきら》氏は出版社に長く勤務されて百科事典や歴史辞典の編集に携わって来られた方だという。

その丹野氏が江戸時代の結婚、離婚、恋愛、それにまつわる犯罪に焦点を当て、数々の事例を挙げて江戸時代と現代の人々の意識の違いを探ろうという試みである。これがとても興味深い。

現代は不義密通で罪に問われることはない。離婚の調停の時に不貞ということで当事者に不利になる程度である。しかし、江戸時代には死罪に相当するものだった。

奉公人にとって、雇《やと》い主《ぬし》もまた重い存在で、忠義を尽くすことが当たり前と考えられていた。

レイプやドメスティック・バイオレンスは、現代では大きな問題となっているが、江戸時代は、さほど重要視されていない。

若い女性に乱暴したならず者は、せいぜい、敲《たたき》の上、追放処分が関の山だった。

それよりも世間の風評を恐れて泣き寝入りする女性がおおかただった。

少し前までの日本もそんな風潮ではなかっただろうか。日本人の意識が現代では大きく変わって来たことを実感する。

現代が江戸時代と比べて何も彼《か》も有利になったかと考えると、あながちそうとも言えない面があると思う。恋愛の自由を認めたために不倫は横行し、バツイチと称される離婚経験者は掃いて捨てるほど増大した。

雇い主に対する忠義などは、なきに等しい。フリーターの若者が多いのは様々なしがらみに縛られず、自由でいたいという心の表れかとも思う。我慢する、責任を取る、分《ぶん》を守るという日本人の美徳が失われつつある現状だ。それを取り戻す術《すべ》は、もはやないのだろうか。

私が時代小説で江戸の人々を書くのは、現代の人々のこれからの生き方を探ることに外ならない。世間はこんな風潮だけど、これでいいのか。いやいや、やはり、まっとうに生きることこそ人の道ではないだろうか。それは江戸時代も現代も変わらないと思う。

『江戸の色ごと仕置帳』に列挙された事例は、厳しい御定書《おさだめがき》や人の生きる道を承知で罪を犯した者、あるいは、そこから置き去りにされてしまった者の生《なま》の物語である。眉をひそめることもままあった。

この事件の幾つかは私も捕物帳の中で参考になるものもあるかと思われる。

レイプは「押して不義」、殺人を犯した者だけが下手人《げしゅにん》と呼ばれること、武士と町人の結婚形式の違いなど、蒙《もう》を啓《ひら》かれることも多かった。学校の歴史の授業では決して学べないことなので、一般の読者にも興味深い内容である。巻末の「江戸時代の刑罰と対応する罪」の別表の添付が、私にはありがたかった。親切な一冊である。

夏至の前夜に ――『死の泉』

東京のホテルの一室で私は一人の女性を待っていた。その方はミステリー、歴史時代物、果てはヨーロッパを舞台とした壮大な物語をお書きになる女流作家である。私は小説家を志した頃から、その方に私淑《ししゅく》していた。私の好きな小説家を訊《たず》ねられたら、迷わずその名を口にしてラブ・コールを送り続けていたのである。それが功を奏したようで、私はその方の文庫の解説をするという幸運にも恵まれた。古くからの担当編集者が、この度、その方にお引き合わせ下さる便宜を計らってくれた。

緊張していた。緊張していたのはお話を伺うのが初めてのせいもあったが、その方の素顔がさっぱりわからないということもあった。

著作に記載されているプロフィールはごく表面的なことしか語っていない。ある日突然小説を書き出し、一部の強烈な読者の支持を得ているカルト的作家――それ以上の情報を私は得ていなかった。何人かの編集者に聞いても答えは同じであった。

どだい、お宅に伺った編集者は一人もいないのである。従って、普段、その方がどのように暮らし、どのように執筆なさっているのかもわからない。まさにミステリーを地でゆく作家であるのだ。編集者とのやり取りも、この頃はメールでなさっているようで、その肉声をお聞きすることもないという。

肉声をお聞きできるだけでも幸運か。私は次第に妙な心持ちになっていた。

時刻になって、その方は現れた。小柄な方である。スカイブルーのノースリーブのブラウスに茶の透ける生地の上着を羽織られ、白いパンツをお召しになっていた。身体の割に大き過ぎるバッグを抱えておられた。大きなバッグにはすぐに納得がいった。私の小説のゲラが入っていたからである。まだ発刊の運びになっていないものである。その作品とその方の文庫が近い内に同じ版元から出るので、それを中心に話を進める予定であった。

その方の文庫となる作品はとても風変わりなものである。笑いをテーマにしておられるが、この笑いが怖い。赤ん坊を背負った子供がいる。子供は口の両端を耳の近くまで裂かれて、笑っていないのに笑ったように見えるというもの。怖い。しかし、作品の中では、その子供が主人公ではない。子供の物語を書く青年の話である。

青年は最後にまぶたの上を刀で斬《き》られ、盲人となってしまう。青年の恋人である女性が口述筆記で物語が仕上げられる。曲亭馬琴が『南総里見八犬伝』を書いた時、最後は盲人となり、嫁のお路《みち》に口述筆記させたことをふと思い出す。

「不幸なお話ですね？」そう申し上げると、その方はいえいえと首を振った。あんなにハッピーエンドの小説もあるものではないと。

でも、蘭之助の眼が……。

「好きな女の人と一緒にいられるんですもの、眼の見えないことぐらい何ですか」

では、あの作品も？　別の悲惨な作品を私は持ち出した。「あれもハッピーエンドのお話」にべもなく、その方はおっしゃられた。

私は少し混乱していた。それは私に対するこけ脅しか、もしくは心底、そう思われていられたのか。

私はその方の素顔を探ることをやめた。その方は現実を生きるより、物語世界に自由に遊んでおられて、こちらを振り向く隙《すき》もない。

壮大な長編小説『死の泉』は翻訳本の体裁を取っている。翻訳者は野上晶《のがみあきら》という架空の人物。

「野上晶のトリック、ご存じ?」

その方は艶然と笑ってお訊ねになった。もとよりわかる訳がない。私は力なく首を振った。

「私の名前をローマ字にして、野上晶もローマ字にして、引いてごらんなさいな」

「後でゆっくりやってみます」

お酒を召し上がらないその方は、ほうじ茶を飲みながら食事をされると、タクシーに乗ってお帰りになられた。夏至《げし》の前夜であった。

そう言えばその方の作品に『夏至祭の果て』というのもあったはずだ。

東京は梅雨の晴れ間の蒸し暑い夜だった。

喉《のど》の渇きを覚えながら、ビールを飲んでもワインを飲んでも、渇きは一向に癒《いや》されなかった。

一人になって、ローマ字のトリックを考えてみた。その方のお名前から野上晶を引くと「WHO」という言葉が残った。

WHO——誰。自分の居場所がわからなくなったような錯覚がした。夏至祭りの夜は妖精《ようせい》が活躍するという。その方が妖精の化身であっても不思議ではないような気がする。

対人恐怖症のその方は、巷《ちまた》のおかみさんである私が怖かったのだろうか。だから魔法を使って……。私の時代考証の間違いを指摘して下さった時だけ、作家の顔になっていたけれど。

きらめく星——藤沢周平さんの作品

藤沢さんと気軽に呼び掛けるのは、いささか畏れ多い。言うまでもなく、藤沢さんは時代小説の大家として、亡くなった今も熱烈な読者の支持を得ている。

それは、作品もさることながら、作家本人の実直にして清々《すがすが》しく生きた姿勢が読者に好感を持たれているからだと思う。

作家とはこうあるべきと、規範があるわけではないが、藤沢さんは人気作家であったにもかかわらず、豪邸や高級車や贅沢《ぜいたく》な趣味とは無縁で過ごした人だという。それは私にとって、ひどく安心することでもあるし、読者も多分、そう感じているに違いない。

藤沢さんというお手本があるから、私も相変わらず台所に設《しつら》えた仕事机で原稿を書いていると公言できる気がする。

分不相応の贅沢はせず、家族を養い、こつこつと作品数を増やす――藤沢さんの生きた姿勢はそのまま、私の目標にもなっている。

この稿を依頼された時、私は偶然のことながら、羽州村山郡楯岡《たておか》村出身の最上徳内《もがみとくない》のことを調べるため、山形の地図を拡げていた。

地方に住む人のことを調べる時、私はいの一番に地図を買って場所を確認する。周りの自然、収穫できる産物、支配を受けていた藩の様子なども探る。できれば取材もしたい。

村山郡は山形県のほぼ中央に位置する。視線を少し西に移せば藤沢さんが生まれた鶴岡市がある。正確には東田川郡黄金村大字高坂《たかさか》字楯ノ下という場所であるが、現在は鶴岡市に統合されているそうだ。

で、すぐさま、最上徳内は一時保留にして藤沢さんの故郷のことを調べ始めた。周りは鳥海山、羽黒山、月山《がっさん》、湯殿山と、山また山に囲まれた土地である。最上川、赤川が網の目のように広い土地を流れ、結果、国内でも指折りの米所となっている。

「はえぬき」「どまんなか」と、凄いネーミングのお米が有名である。

山形には以前に一度訪れている。わが函館と比べ懐《ふところ》が深い街だと感想を持ったが、その時の記憶はあてにならない。

司馬遼太郎さんの『街道をゆく10　羽州街道佐渡のみち』（朝日文芸文庫）を開く。

そこに幕末の攘夷《じょうい》運動家、清河八郎《きよかわはちろう》の名があった。清河は藤沢さんと同じ東田川郡の出身だった。司馬さんの清河観が興味深い。

『庄内人に多い秀麗な容貌と弁舌の才と、それに卓越した文才を持ち、さらに剣術家でもあり、また当時の志士一般の水準をはるかに越えた教養を持っていた』

これを読んで、私は思わず、ほうっと息をついた。それはそのまま藤沢さんにもあてはまるものではないだろうか。そして司馬さんはさらに言う。

『清河は、つねに個人で動いている。頼るべき組織も勢力もなく、過剰すぎる自信をもって自分自身の才に頼った』

藤沢さんが過剰すぎる自信を持っていたかどうかはわからないが、共通するものは多い。

その共通するものとは庄内人の心に連綿と流れている気質であろう。まさに風土が人を作るのかも知れない。

藤沢さんも『回天の門』という作品で清河八郎のことを書いておられる。同郷ということだけで軽々しく共通項でくることをつつしみながら、相似する部分があることを認めているのだ。

藤沢さんは作家として生涯を終えられたが、決してそれは本意ではなかったと思う。

藤沢さんは肺結核が発見されなければ、中学校の教師として定年まで勤め上げたはずである。作家として不動の地位を築いていても、心のどこかでは、教師という職業に未練があった様子が窺《うかが》える。

藤沢さんの不幸は病気に留《とど》まらなかった。

最初に結婚された奥様は、まだ一歳の誕生日も迎えていなかったお嬢様を残して急逝された。乳飲み子を抱えた藤沢さんの失意は察するに余りある。恐らく藤沢さんは天を恨んだことだろう。どこまでおれに仇《あだ》する気かと。

「西方浄土までは、十万億土の長い道を歩いて行くのだそうです。方向オンチで、何かにつけて僕に聞かないと、自分で判断できなかったあれに、そんな長い旅ができるのだろうか。そんな馬鹿げた考えひとつにも、いまだに心がきりきり痛むのです。

僕も、何ひとつ知ることが出来ないあの世という別世界に、一人でやるのが可哀想で、一緒に行ってやるべきかということを真剣に考えました。子供がいなかったら、多分僕はそうしたでしょう」

これは湯田川中学校の同僚、渡辺とし氏に宛てた手紙の抜粋である。妻を亡くした悲しみが、こちらの胸まできりきりと刺す。

だが、藤沢さんは、お嬢様と、孫を心配して上京して来たお母様のために必死で働くのである。業界紙の記者として。

仕事を終えて帰宅すると、無邪気に笑うお嬢様と、日中の育児に疲れたお母様が藤沢さんを迎える。食事を終えて、就寝するまでのわずかな時間、藤沢さんは、そっとペンを持つ。ささやかな魂の充足である。

文学が人を救うものであるのか、私は常に考え続けてきた。小説の言葉が人の生きる支えになるものだろうかと。答えはわからない。そうだとも言えるし、そうでないとも言える。

だが、小説の執筆は十分に藤沢さんを癒《いや》したと私は考える。

読者は藤沢さんの心打つ作品が、藤沢さんの失意から生み出されていたことを知るべきである。感動したと安易な感想を洩らすばかりでは能がない。自棄《やけ》にならず、堅実に毎日を送ることで失意から脱却できることを藤沢さんは教えているのだから。

今の奥様を迎えられてから、藤沢さんの運は飛躍的に開け、作家藤沢周平が誕生する。

晩年の藤沢さんは幸福だったと思う。皆、奥様のお蔭である。

本書、「獄医立花登手控え」とサブタイトルを打った『春秋の檻』『風雪の檻』『愛憎の檻』『人間の檻』は「小説現代」に長い間、連作として掲載された人気シリーズである。

羽後亀田藩の下士の家に生まれた立花登は国許《くにもと》の医学所で医学を修め、さらに江戸に赴いて医学に精進したいと願い、母親の弟に当たる小牧玄庵を頼る。

玄庵は浅草福井町で町医者を開業しながら酒代の確保と家計の不足を補うために小伝馬町の牢屋敷の医者も務めていた。

国許にいた頃、叔父は登の向学心をふるい立たせる、内なるきらめく星であったが、現実の叔父は時流に取り残された哀れな町医者だった。

登はわずかに失望したが、叔父の代診で牢屋敷に通う内、獄舎に繋《つな》がれた人々の様々な事情と向き合うことで人間的な成長を遂げる。

時には身辺に危険が迫るが、そこは起倒流の柔術で躱《かわ》す。

私は登の行動範囲をもっと知るために、パソコンに江戸の地図のソフトを入れて検索した。

藤沢さんが登の寄宿先である小牧玄庵の住まいを浅草福井町に定めたのは、あてずっぽうではない。福井町のすぐ隣りに出羽鶴岡藩、酒井左衛門尉《さえもんのじょう》の下屋敷があったからだ。

下屋敷の界隈《かいわい》はその名に因《ちな》む左衛門河岸である。おらが国さのお殿様の傍《そば》に主人公を置きたいと考えるのは人情の自然である。

登は福井町の叔父の住まいを出ると神田川に架かる浅草橋を渡り、浅草御門を抜ける。

右手には関八州郡代代官所が見える。登はまっすぐ馬喰《ばくろ》町の通りを進む。その通りは旅人宿が軒を連ねる。単なる旅籠《はたご》ではなく地方から訴え事を抱えて江戸へ出て来た人々が泊まるのだ。公事《くじ》宿《やど》と呼ぶこともある。

江戸土産の錦絵《にしきえ》を売る絵草紙屋もあって、なかなか賑《にぎ》やかな通りである（と思う）。

旅人宿が途切れた所に神田堀があり、登は粗末な土橋を渡る。そこから堀沿いに右に折れる。神田堀が直角に曲がっている所に幽霊橋がある。幽霊でも出たのだろうか。だが、登は幽霊橋を渡らず、堀沿いに西へ進む。

すると、敷地二千六百七十七坪余りの小伝馬町牢屋敷にたどり着くのだ。

登に獄医という特殊な仕事を考えたのは藤沢さんの手柄である。剣術ではなく柔術の技を登に考えたのも、人の命を守る医者に対する藤沢さんの気遣いである。様々の藤沢さんの心配りを感じつつ、読者は物語に引き込まれる。捕物帳の体裁を取っているので、呑気《のんき》に構えていては肝腎なことを見過ごしてしまう。随所に藤沢さんの伏線が張られていることもお忘れなく。

胸が堅くなるような場面があって、はらはらするが、最後は小説の名手の藤沢さんのこと、きっちり収まりをつけてくれる。それがとても心地よいのだ。

小伝馬町の獄舎の湿った黴《かび》くささと饐《す》えたような匂い、闇の濃さ、それ等が登の明るい人柄と対照的に描かれている。もう一度言うが、獄医という設定は心にくいほど壺にはまっている。

従妹《いとこ》のおちえと登が結ばれる最終章が美しい。ここには登の幸福な未来が約束されていることを読者は疑わない。

いつか、鶴岡市を訪れたいと思っている。

山また山に囲まれた庄内平野に立ち、藤沢さんが味わったと同じ風に吹かれたい。

実際の藤沢さんは故郷で過ごされた年月より、東京で過ごした年月の方が長いだろう。

それでも、なお庄内人としての朴訥《ぼくとつ》な気質を保ち続けた。私はこの先も、折あるごとに藤沢さんの作品を書棚から取り出し、その度に姿勢を正すことは変わりがないと思う。

藤沢さんは庄内のきらめく星であり、日本の小説のきらめく星でもあった。

女の情念――『紅の袖』

嘉永六年（一八五三）六月。アメリカのマシュー・カルブレイス・ペリーはミシシッピー、サスケハナ、プリマス、サラトガの四隻の艦船を率いて江戸湾に現れた。船体がタールで塗られた艦船は黒船と呼ばれ、日本の人々に恐れられた。

川越藩家臣、樋口杢右衛門《もくえもん》の妻、沙代《さよ》も、「海のかなたに異国があるとは、国元にいた頃は考えもしなかった。異国から奇怪な船が海を越えてやって来るなど、いったいだれが思ったか」と驚きを露《あらわ》にする。

黒船の来航をきっかけにパクス・トクガワーナ（徳川の平和）と称された日本の社会秩序はがらがらと音を立てて崩れ始めるのだ。

幕府は品川から洲崎に掛けて御台場を築造して異国船迎撃に備えようとする。川越藩は一之御台場完成後の守備を命じられ、杢右衛門は赤坂溜池台の上屋敷から二本榎の下屋敷へと移る。沙代はそれを藩の一大事と捉え、二人の息子を姑に託し、国元から夫の許へ駆けつける。

御台場建設の騒音もさることながら、品川御殿山や八ツ山を切り崩して運ばれる土砂が屋敷内にも舞い込み、沙代を悩ます。ざらざらとした砂の感触は、この物語の何かを象徴しているようだ。

『紅の袖』は、そうした混乱の時代を背景に杢右衛門と沙代、女中に雇ったみお、それに杢右衛門の幼なじみ新倉彦三郎の四人に起こる愛憎の物語である。彦三郎も川越藩の家臣で国元から二本榎の下屋敷へ来る一行の中に名を連ね、到着してから杢右衛門の住まいで起居を共にする。

彦三郎も一癖《ひとくせ》ある男なら、女中のみおもそうだ。このみおに私は終始、いらいらさせられた。従順そうに見えて、実はしたたかであり、何を考えているのかわからない。寝首を掻かれそうな恐れもあって油断がならない。

沙代はある時、彦三郎に抱きすくめられ、唇を奪われるということがあった。男女の一線は越えることがなかったというものの、夫に知られてはただでは済まない。沙代は運悪く、それをみおに気づかれてしまう。そのために主従の関係までが危うくなるのだ。

加えて彦三郎が川越藩主に傷を負わせてご政道から手を引かせようという不穏な動きも感じられる。そして、次第に明らかになるみおの過去に読者は目が離せなくなる。ざらざらとした砂の感触を随所に感じながら、四人の男女から醸《かも》し出される情感は血のように熱く潤っている。諸田さんお得意の世界だ。

普段の諸田玲子さんはおっとりとして、いかにも育ちのよさを感じさせる女性である。

向田邦子さんのシナリオをノベライズする仕事をして小説の機微を学ばれたよう

だ。

作家デビューしてから、とにかく諸田さんは書きに書いた。著作数はすでに私を超えているのに、隣りの芝生はよく見えるらしく、私に、いったい何社の仕事をしているのかと、真顔で訊ねられる。

『紅の袖』は書き下ろしである。毎月、雑誌の仕事をこなしながら、諸田さんは果敢に書き下ろし作品に挑戦する。書き下ろしは読者と版元にとっては嬉しいことだろうが、作家本人には決して割りのいい仕事とは言えない。

それでも諸田さんは、こつこつと書き続け、こちらが驚くほど（呆れるほど）次々と新作を発表なさる。取りも直さず、それは胸に抱える物語を諸田さんが幾つも持っている証左に外ならない。何より作品が本になることに無上の喜びを感じている方だ。

一度、版元の都合で刊行が見合わせられた時の落胆は気の毒なほどだった。もう、その版元とは仕事をしないとまで言った。版元も担当の編集者も馬鹿な選択をしたものだ。木を見て森を見ずとは、このことかと思った。

私には十年後の諸田さんの豊饒の世界が想像できる。その時にほぞを嚙んだとしても遅い。編集者にも想像力は必要である。目先の利に捉われてばかりでは駄目だ。

逃がした魚は大きいと、これも諺《ことわざ》にあるではないか。

それはともかく。諸田さんの作品は常に正統でありながら、女性の情念が色濃く感じられるものばかりだ。『紅の袖』も、その期待を裏切らない。はからずも諸田さんの作品を通して、私は女性の深層心理を考えさせられることとなった。それはある意味で恐ろしい。

読者は『紅の袖』の読後、女性の心の内にひそむ闇におののくことだろう。

春爛漫――私の読書日記

四月某日

読売新聞社のインタビューあり。ひどい風雨の中、佐藤記者（だったよね）来函。彼とは何度か会っている。そのせいでこちらは緊張感なし。彼は風邪気味だった。葛根湯《かっこんとう》のアンプルを飲ませ、インタビューが終わると近所の鮨屋へ連れて行き、無理やり熱燗《あつかん》を飲ませる。ぼうっとして帰って行った。

『毎日かあさん2　お入学編』（西原理恵子著・毎日新聞社）を購入。最近、西原さんの漫画にはまっている。ワーワー、ギャーギャー、やかましい内容の中で、ふっと静謐《せいひつ》な叙情を感じる時がある。それが楽しみでワーワー、ギャーギャーを我慢しているのかも。

四月某日

一年に何度か滅茶苦茶に忙しい月がある。今月がそれ。いわゆるGW進行で〆切が早まるから。加えて春はエッセイやインタビューの依頼が多い。忙しそうにするのは嫌いだから、「いえいえ暇ですよ。オホホホ」と余裕の顔を作っている。だが、最後の原稿を郵送した時は、さすがにくたくたで周りの景色が霞んで見えた。

遅ればせながら『ダ・ヴィンチ・コード（上下）』（ダン・ブラウン著・角川書店）を読む。私が買ったのは二十一版目。凄《すご》いねえ。パリのルーヴル美術館から始まる豪華な物語だ。様々な名画が小道具として惜し気もなく使われていた。こちとら、パリも知らなきゃ、ルーヴルも知らない。でも全能のダ・ヴィンチは小学生の頃、ひそかに尊敬していた。

作家の諸田玲子女史は『ダ・ヴィンチ・コード』のような小説が書きたいと思ったとか。ほんとかな。

四月某日

亭主と近所のパチンコ屋へ行く。三箱出したので電気釜と交換する。妹がお釜を新調するとごはんがおいしいと言っていたから。でも、その後でコーヒー・メーカーがお釈迦《しゃか》になる。さあさ、失敗した。コーヒー・メーカーにしたらよかったと思っても後の祭り。

中学校の同窓会から広報誌のエッセイを依頼される。「原稿料は出せませんが、ひとつよろしく」と笑顔で言われ、こちらも仕方なく笑顔で「はあ」と応《こた》えた。「わっちを誰だと思うておる。頭《ず》が高い、控えおろう！」言えたらどれほど気持ちよかんべ。

四月某日

亭主の仕事が早仕舞い。映画館へ行く。「Shall we Dance?」、日本版のリメイク。窓口は大人千八百円。だけど、どちらかが五十代ならば一人千円でいいという。千円で入館できたのは嬉しいけど、思わぬ所で年齢を思い知る。

ダンスの挫折感を表現してはジェニファー・ロペスより草刈民代に軍配を挙げる。

リチャード・ギアと役所広司は引き分けかな。脇役は絶対日本勢の方がよかった。『元禄いわし侍』（長辻象平著・講談社）は著者贈呈本である。長辻さんは産経新聞の記者として函館へ取材に来た人だ。誠実な人柄に好感を持って、やはり近所の鮨屋へご案内した。あの時、リンパに脂肪が付着するという難病を患って包帯で腕を吊《つ》っていらした。

その彼が時代小説を書くとは驚きである。鰯《いわし》の豊漁が元禄時代の経済を支えていたという独自の歴史観がおもしろい。

五月某日

GWだい。わっちも休みだい。

『白蛇教異端審問』（桐野夏生著・文藝春秋）、『美女に幸あり』（林真理子著・マガジンハウス）、『笑犬樓の逆襲』（筒井康隆著・新潮社）を立て続けに読む。お楽しみの読書はこうじゃないと。皆、おもしろかった。

「小説現代」の高橋（編集者）、家族旅行の途中で函館に立ち寄る。大沼《おおぬま》というリゾート地で一緒にパーク・ゴルフをする。お天気がよく、残雪をいただく駒ケ岳《こまがたけ》が美しかった。居職《いじょく》の疲れも癒《いや》されるというものだった。

航空機事故をめぐって ——『クライマーズ・ハイ』『沈まぬ太陽』

昨年の秋から横山秀夫氏の作品にはまっている。配本会社が暮れに行う読書アンケートにも横山氏の『クライマーズ・ハイ』を第一に挙げた。

小説を書くことが仕事になると、純粋に読書を楽しむということが難しくなる。てにをはが自分と違ったり、文体が口に合わなかったりすると、途中撤退してしまう。

最近は途中撤退がやけに多く、もはや自分は本をまともに読めないのではないかと意気消沈していた。そんな中で横山氏の作品は久しぶりに私の胸を躍らせた。

なぜこの作品がいいかと言えば、まず「つかみ」のうまさである。出だし数行で読者の気持ちを捉えることに成功している。

『旧式の電車はゴトンと一つ後方に揺り戻して止まった。』

読者はこの描写でローカル線の電車の中へ感情移入する。

『JR上越線の土合《どあい》駅は群馬県の最北端に位置する。下り線ホームは地中深くに掘られたトンネルの中にあって、陽光を目にするには四百八十六段の階段を上がらねばならない。それは「上がる」というより「登る」に近い負荷を足に強いるから、谷川岳の山行はもうここから始まっていると言っていい。』

実にうまい。さり気なく、気負うことなく物語に誘《いざな》う。

これが「つかみ」である。

だが、この小説は、単なる山岳小説ではなく、新聞記者の立場で未曾有《みぞう》の航空機事故を扱っている。著者の新聞記者時代の経験をもとに書かれたものだ。もはや二十年近くにもなる当時のでき事が脳裏にフラッシュバックした。この作品は横山氏の従来の作品とは明らかに一線を画するものだと言っていいだろう。作品全体に漂うヒューマニティーが物語の格調を高めている。

『クライマーズ・ハイ』の印象がよかったせいで、私は日航機事故を扱った他の作品も読みたい衝動に駆られた。

それが大作『沈まぬ太陽』（一〜五、新潮文庫）である。山崎豊子氏は社会にメスを入れる意欲的な作品を次々と発表して来られた。わが母と同世代ということに驚きを禁じえない。私はまだまだがんばらねばならないと、改めて思う。

恩地元《はじめ》。日本航空（小説では国民航空）の社員。組合活動をしたために、懲罰的な人事を受け、中近東からアフリカへ飛ばされ十年近くの月日が流れる。

恩地は、こちらが苛立ちを覚えるほど誠実な人間である。その恩地がようやく日本に戻って来た時に日航機事故が起こる。恩地は遺族のお世話係に任命される。五百二十名の犠牲者を出した会社の社員として、恩地は忍の一字で職務を全うする。

事故の原因はボーイング社の修理の手抜き、機長ではない人間が操縦していたことなどが考えられる。人災と言われても仕方のない面もあるだろう。この事故の始末がつかない内に恩地は再びアフリカへ飛ばされる。飛行機の窓から眺める沈まぬ太陽が、恩地の不毛の日々を慰め、明日を生きる活力をもたらしてくれたと気づく場面で物語は終わる。沈まぬ太陽という描写を念頭に入れ筆を起こした山崎氏は、やはり並の作家ではない。

二度あることは三度ある。

次も日航機事故だ。『日航ジャンボ機墜落』(朝日新聞社会部編)。「朝日新聞の24時」とサブタイトルを打ったノンフィクション。

小説との違いをいやでも痛感する。報道の節度を問われながらも新聞記者として奮闘努力する男達の物語である。

飛行機は本当に安全な乗り物だろうか。離着陸する瞬間、私は決まって目を瞑《つぶ》ってしまう。羽田でも成田でも利用客はひしめいている。自分だけは事故に遭わないとは誰も断言できないのに。

私は、飛行機が本当は怖い。

なぜなら、鉄の塊《かたまり》が空を飛ぶのだから。五百二十名の犠牲者は我々に何を教えたのだろう。その答えはわからない。

焦燥感――『暁の死線』

私が一番夢中になったミステリー作家はウィリアム・アイリッシュである。別名コーネル・ウールリッチ。一九三〇年代から六〇年代に掛けて活躍したニューヨークの作家だった。

なぜ時代小説を書く私が彼の作品に夢中になったかと言えば、その極めて美しい文章にあると思う。そしてトリックを主体に置かず、スリルとサスペンスを駆使して物語を紡いだ。彼の語るニューヨークは、まるで映像を見るようにリアルだ。

日本でも江戸川乱歩さんを初め、多くのファンがいる。代表作は一九四二年に発表された『幻の女』。

ここまで書いて、私の読者ならば、ははん、とお気づきの方も多いだろう。そうです、私のデビュー当時の作品はアイリッシュのタイトルを踏襲している。それほど、彼の作品が好きだった。『暁の死線』は真夜中のニューヨークで知り合った一組の男女の物語である。世の中に失望して誰も信じられなくなったダンサーのブリッキーと、泥棒に入って思わず殺人事件に巻き込まれたクイン。彼等は再出発を賭けて殺人事件の解決に乗り出す。明け方までの五時間足らずの間に。

パラマウント塔の時計台の刻む時間が物語と同時進行する。胸の悪くなるような焦燥感。実はこれがアイリッシュの真骨頂である。

夜明けを迎える摩天楼の描写には息を呑んだ。美しい。

ブリッキーとクインは貧しく、人生に疲れていたが、人間の理想にしがみついてもいた。それは、この本を読んでいた一九七六年の私の姿でもあったろうか。

狂気、幻想、歴史観――『会津恋い鷹』

皆川博子さんは私が愛してやまない時代小説家だった。「だった」と過去形にしたのは、皆川さんはもはや、時代小説はお書きにならないからだ。

娘さんと二世帯同居の家を新築される予定だが、その際、時代小説に関する資料も整理されるらしいと洩《も》れ聞いた。

そもそも『恋紅』で直木賞を受賞された時から皆川さんはご自分の書きたいものと時代小説との間に微妙な齟齬《そご》を感じていらしたようだ。

それがわからないぼんくらの私は皆川さんと対談した時、『恋紅』に対し、思いのたけを込め、激賞した。多分、皆川さんはとまどわれたことだろう。私は皆川さんの文章に酔わされ、攪乱《かくらん》されていた。

それが皆川さんの罠《わな》だとしても、私はあまりにその罠に嵌《は》まり過ぎたのかも知れない。

微妙な齟齬は対談でも生じた。

「王道を歩みなさい」と皆川さんは私におっしゃられた。

カルト主義もホラーも私には必要ないと言わんばかりに。

『会津恋い鷹』は鷹匠に嫁いださよという娘の物語である。

孤高の鷹を愛するさよの背景には維新の会津戦争がある。

歴史観も狂気も幻想も官能も、すべて皆川さん独自のものである。この作品からでも今日の皆川さんが想像できるというものである。

当初は皆川さんの作品にある狂気など気にも留めていなかった。時々、主人公が突飛な行動を取ることを怪訝《けげん》に思っていただけである。

ある瞬間から、それが皆川さんの作意だと気づいた。

怖くなったのはそれからである。

そして、皆川さんは物語の世界と現実の世界が逆転している人だとも思った。

私には狂気も幻想も歴史観もない。あるのは意地と人情と普遍的な日常ばかりだ。

あこがれの皆川さんに、もう私の手は届かない。

彰義隊のはかない生 ——『合葬』

漫画は小学生以来読むことはなかった。しかし、杉浦日向子さんの作品に限ってはほとんど読んでいる。

それは漫画を楽しむということより時代考証の参考にするという意味合いが強かった。

言うまでもなく、杉浦さんは江戸の時代考証家として名が知られている。もしかして、漫画をお描きにならない今、漫画家であったこともご存じない人は多いかも知れない。

江戸の資料は山のようにあるけれど、江戸の風情というものは言葉で伝わり難い。

杉浦さんはそれをビジュアルに私に教えた人だ。『百日紅《さるすべり》』の葛飾北斎、その娘お栄《えい》、渓斎英泉《けいさいえいせん》のからみなど、こたえられないほどおもしろかった。

はたまた、明治初期の絵師、小林清親《きよちか》と井上安治《やすじ》のことなども『ＹＡＳＵＪＩ東京』で知らせてくれた。

だが、杉浦さんに知識の押しつけはない。淡々と江戸は、明治はこんな感じでしたよ、と小声で語るだけである。

実に不思議な人に思える。

もしかして杉浦さんは江戸からタイムスリップして現代に訪れた人ではないかとさえ思える。

さて『合葬』は彰義隊の上野戦争を描いたものである。

この戦争に参加した彰義隊の隊員は大部分が十代の少年達で占められていた。そのはかない生を杉浦さんは乾いた筆で描いた。景色は雨ばかりだというのに。

明治は私にとって本当にわからない時代である。封建制度だった日本は開港と同時に恐ろしい勢いで近代化への道を突き進んだ。勝海舟の思惑、坂本龍馬のプラン、徳川慶喜の失意、榎本武揚の夢。

杉浦さんが『合葬』を描いたお蔭《かげ》で、私は上野戦争だけは理解できた気がする。

わずか六時間の短い戦争だった。


残念ながら杉浦さんも病を得て亡くなられた。生前、私の小説が好きだとおっしゃられていたそうだ。本当かどうか確認できないのが悔しい。時代考証の師匠を失い、

先行きに不安を覚えているのは私だけか。

あとがき

「エッセイはすべからく自慢話である」という意味のことをおっしゃったのは故山本夏彦さんである。およそ十年の間に書き散らした自分のエッセイを読み返し、全く山本さんのおっしゃる通りだと、つくづく思う。

編集者に毎日食事の仕度をすると言ったら感心された。台所の片隅が仕事場だと言ったら驚かれた。そればかりではない。北海道にいながら時代小説を書くことや、一度も東京で暮らしたことがないこと、大工をしている夫と離婚もせず、築百年は経《た》っている古い民家に住んでいること、二人の息子を生んだこと、育てたこと、すべて編集者が私という女を珍しがる理由だった。

それは普通の主婦ならば問題にしないことなのに、なまじ小説家となったために取り立てられるのだ。その内、私自身もいい気になり、洋服はバーゲンオンリーだの、ブランドバッグは持たないだの、言わなくてもいいことまで書いて読者を煽《あお》ったふしがある。それも自慢話の一つであったか。

『ウエザ・リポート』は一九九七年から二〇〇七年までに、新聞、雑誌等に書いたものを集めたエッセイ集である。タイトルはウエザー・リポート（天気予報）のもじりである。ペンネームの宇江佐は、この天気予報からつけたものだからだ。

読み返してみると、様々なことを思い出す。

ワープロで執筆していた私はパソコンに移行した。オリックスのイチローは大リーグへ行った。直木賞候補に六回もノミネートされるも、とうとう受賞には至らなかったが、その代わり吉川英治文学新人賞と中山義秀文学賞、ついでに函館市文化賞なるものをいただいた。単行本は三十五冊を上梓し、文庫本も出た。携帯電話を所持するようになり、息子達へせっせとメールを送っている。作家の友人もできたし、有名作家に何人もお会いした。

長男はやけに金の掛かる大学に行ったが、私は借金もせずに学費を工面した。次男はお笑い芸人修業中なので毎月仕送りをしている。それもこれも自慢話であるか。

父が亡くなり、後に残された母は齢《よわい》八十二になるも、まだまだ元気。この母を無事に見送るまでは私は死なれない。夫は私の稼ぎを当てにして飲み屋のツケを増やす。コバンザメと渾名《あだな》をつける。長男、七つ年上、バツイチの看護師と結婚する。反対する元気なし。

気がつけば、担当編集者の顔ぶれも変わった。定年で会社から去った者、亡くなった者、結婚した者、離婚した者、子供が生まれた者、出世した者、しくじって会社を首になった者と様々だ。

母親が私の年齢とほぼ同じだという若い編集者も増えた。だから、「小説のこと、本当にわかっているんかい」と、突っ込みを入れたくなることも、しばしばある。十年の時の流れが、このエッセイ集には凝縮している。熱く語っていたり、醒めていたり、まさに天気のように私の気持ちは、そのときどきで違う。そのどれもが私という女そのものだ。現在の私が書いた当時と別の状況になっていたとしても、どうかお許し下さるように。このエッセイ集刊行の後には、また私は新たな自慢話を始めるのだろう。それもまた、自慢話であるか。

初冬、函館の自宅にて。

宇江佐真理

本書は二〇〇七年十二月に刊行された
『ウエザ・リポート』（ＰＨＰ研究所刊）を
改題した文庫版です。

文春文庫

ウエザ・リポート
笑《え》顔《がお》千《せん》両《りよう》

定価はカバーに
表示してあります

2010年9月10日　第1刷

著　者　宇《う》江《え》佐《ざ》真《ま》理《り》
発行者　村上和宏
発行所　株式会社　文藝春秋

東京都千代田区紀尾井町3-23　〒102-8008
TEL 03・3265・1211
文藝春秋ホームページ　http://www.bunshun.co.jp
落丁、乱丁本は、お手数ですが小社製作部宛お送り下さい。送料小社負担でお取替致します。

印刷製本・凸版印刷
Printed in Japan
ISBN978-4-16-764012-5

（ ）内は解説者。品切の節はご容赦下さい。

文春文庫　宇江佐真理の本

宇江佐真理
幻の声
髪結い伊三次捕物余話
町方同心の下で働く伊三次は、事件を追って今日も東奔西走。江戸庶民のきめ細かな人間関係を描き、現代を感じさせる珠玉の五話。選考委員絶賛のオール讀物新人賞受賞作。（常盤新平）
う-11-1

宇江佐真理
紫紺のつばめ
髪結い伊三次捕物余話
伊勢屋忠兵衛からの申し出に揺れるお文。伊三次との心の隙間は広がるばかり。そんな時、伊三次に殺しの嫌疑が。法では裁けぬ人の心を描く人気捕物帖、波瀾の第二弾。（中村橋之助）
う-11-2

宇江佐真理
余寒の雪
女剣士として身を立てることを夢見る知佐は、江戸で何かを見つけることができるのか。武士から町人まで人情を細やかに描く七篇。中山義秀文学賞受賞の傑作時代小説集。（中村彰彦）
う-11-4

宇江佐真理
桜花《さくら》を見た
隠し子の英助が父に願い出たこととは。刺青判官遠山景元と落し胤《だね》との生涯一度の出会いを描いた表題作ほか、蠣崎波響など実在の人物に材をとった時代小説集。（山本博文）
う-11-7

宇江佐真理
蝦夷拾遺　たば風
幕末の激動期、蝦夷松前藩を舞台にし、探検家・最上徳内など蝦夷の地で懸命に生きる男と女の姿を描く。函館在住の著者が郷土愛を込めて描いた、珠玉の六つの短篇集。（蜂谷　涼）
う-11-9

宇江佐真理
雨を見たか
髪結い伊三次捕物余話
伊三次とお文の気がかりは、少々気弱なひとり息子、伊与太の成長。一方、不破友之進の長男・龍之進は、町方同心見習いとして「本所無頼派」の探索に奔走する。シリーズ最新作。（末國善己）
う-11-10

宇江佐真理
大江戸怪奇譚
ひとつ灯せ
ほんとうにあった怖い話を披露しあう「話の会」。その魅力に取り憑かれたご隠居の身辺に奇妙な出来事が……。老境の哀愁と世の奇怪が絡み合う、宇江佐真理版「百物語」。（細谷正充）
う-11-11

（　）内は解説者。品切の節はご容赦下さい。

永井路子
流星　お市の方（上下）
生き抜くためには親子兄弟でさえ争わねばならなかった戦国の世。天下を狙う兄・信長と最愛の夫・浅井長政との日々加速する抗争のはざまに立ち、お市の方は激しく厳しい運命を生きた。
な-2-43

新田次郎
武田信玄（全四冊）
父・信虎を追放し、甲斐の国主となった信玄は天下統一を夢みる（風の巻）。信州に出た信玄は上杉謙信と川中島で戦う（林の巻）。長男・義信の離反（火の巻）。上洛の途上に死す（山の巻）。
に-1-30

平岩弓枝
御宿かわせみ
「初春の客」「花冷え」「卯の花匂う」「秋の蛍」「倉の中」「師走の客」「江戸は雪」「玉屋の紅」の全八篇を収録。江戸大川端の小さな旅籠「かわせみ」を舞台とした人情捕物帳シリーズ第一弾。
ひ-1-81

藤沢周平
蟬しぐれ
清流と木立にかこまれた城下組屋敷。淡い恋、友情、そして忍苦。苛烈な運命に翻弄されながら成長してゆく少年藩士の姿をゆたかな光の中に描いて、愛惜をさそう傑作長篇。（秋山　駿）
ふ-1-25

松本清張
無宿人別帳
罪を犯し、人別帳から除外された無宿者。自由を渇望する男達の逃亡と復讐を鮮やかに描いた連作時代短篇。「町の島帰り」「海嘯《つなみ》」「おのれの顔」「逃亡」「左の腕」他、全十篇収録。（中島　誠）
ま-1-83

山本一力
あかね空
京から江戸に下った豆腐職人の永吉。己の技量一筋に生きる永吉を支える妻と、彼らを引き継いだ三人の子の有為転変を、親子二代にわたって描いた直木賞受賞の傑作時代小説。（縄田一男）
や-29-2

夢枕　獏
陰陽師《おんみょうじ》
死霊、生霊、鬼などが人々の身近で跋扈した平安時代。陰陽師安倍晴明は従四位下ながら天皇の信任は厚い。親友の源博雅と組み、幻術を駆使して挑むこの世ならぬ難事件の数々。
ゆ-2-1